52赫茲的鯨魚們

52ヘルツのクジラたち

町田苑香

王蘊潔・譯

目錄

1

邊遠漁港下著雨

他用好像在問明天天氣般的輕鬆語氣問我：「妳以前是酒店小姐嗎？」酒店小姐。我一時沒有理解這幾個字的意思，愣了一下，隨即恍然大悟，不加思索地朝他的鼻梁甩去一巴掌，發出「啪」的清脆聲音。

「你腦袋有問題嗎？」

我請來修繕房子的業者村中，問出這個無禮的問題。家裡的地板有些腐朽，踩下去時都軟趴趴的，我擔心這樣下去會像掉進陷阱似的踩穿地板，於是急忙找人來修理。包括最初上門評估在內，今天是他第三天踏進我家。我想他們在大熱天做工很辛苦，便隨時送上冷飲，甚至還準備點心給他們，但他竟然對如此貼心的僱主說這種話。

「你問這問題太沒禮貌了！」

村中的下屬——我記得他叫健太——手足無措，不停地向我鞠躬道歉。他染著一頭粉紅色的頭髮，戴著鼻環，看起來很前衛，但態度誠懇老實。

「對不起，對不起，真帆哥並沒有惡意。只是他這個人腦袋想什麼，就會直接脫口而出。」

「這不就代表他腦袋裡一直在想，這個女人之前是酒店小姐這件事嗎？」

我知道職業不分貴賤，但問這種問題未免太無腦了。我瞪著村中，難道他忘記一個小時前，我在三點的點心時間，曾經好心拿出冰冰的哈密瓜請他們吃嗎？他的年紀應該比我大幾歲，大約三十歲左右，一頭黑色短髮，曬得很黑很粗壯的手臂肌肉飽滿。原本看他默默工作，和向健太發出指示的樣子，對他的印象還不錯，現在一下子把他降級為臭男人。鼻尖通紅的村中不知所措地抓抓頭說：

「不是妳想的這樣，是因為我阿嬤她們都在八卦，我只是想幫妳澄清，是她們誤會妳了。」

「我聽不懂你在說什麼。」

我努力耐著性子聽村中解釋，得知原來是附近的居民認為我以前是酒店小姐，從東京逃來這裡。由於被黑道追殺，才會獨自移居到和之前生活完全沒有交集的這個大分縣海邊小城鎮，而且呢，身上還有被黑道砍傷的傷口。

「我覺得妳看起來不太像她們說的那樣，想向妳本人確認一下，然後幫妳否認不是她們想的那樣。」

村中粗聲粗氣地說。

「啊？」我忍不住發出傻傻的聲音反問。我搬來這裡差不多三個星期左右。這個城鎮太鄉下了，沒有一家像樣的店，連便利商店都沒有。買菜必須到開車二十分鐘的永旺超市，不然就只能去走路十五分鐘左右的近藤商店。我沒有駕照，只能選擇去近藤商店。近藤商店看起來像是倉庫改裝的店，從食材到日用品，從衣服到農機具應有盡有，根本就是一家什麼都賣，什麼都有的商店。南國風情奇妙圖案的洋裝和T恤掛在青蛙裝和藍色防水布的旁邊，店內商品五花八門，雜亂無章。起初踏進那家店的時候，還好奇地逛上半天，但很快就膩了。店裡的商品都不是我需要的，我想買的東西種類少得可憐，整間店裡只有一款洗髮精，怎麼會有這種事？

我搬來這裡之後，只去過近藤商店，到底在哪裡被人看到，讓她們在背後議論我？我問了村中，發現就是在近藤商店。但我根本沒有和別人聊過天啊？我忍不住納悶，但村中告訴我，有一群人經常聚集在商店角落的內食區。聽他這麼一說，我想起那裡的確有一片只放置了桌椅，沒有妥善運用的空間，每次好像都有人坐在那裡，只是我沒有興趣，從來沒有在意過，沒想到那些人卻津津有味地觀察我。

「那些婆婆媽媽覺得妳的背景似乎不單純，沒有外出工作，卻好像不缺錢，所以就隨便亂猜，說得跟真的一樣。這裡是個小地方，老人都閒著沒事，一旦有新的住戶搬來這裡，就成為她們熱烈討論的話題。三島小姐，我相信妳比別人更容易吸引她們的好奇心。」

村中有點不好意思，他阿嬤是近藤商店婆婆媽媽團的成員之一，得知同住的孫子要去傳聞中的女人家修地板，於是就追根究底地向他打聽我的情況。村中說完之後，向我鞠躬說：

「我阿嬤這個人很主觀，嗓門特別大，但只要知道自己搞錯了，會反過來大聲更正，所以我才會直接問妳。」

我注視著他說話時落寞的樣子，覺得真麻煩。無論別人覺得我以前是酒店小姐還是其他什麼都無所謂。如果像村中剛才那樣當面問我，只要一巴掌打過去就好。若只是在我背後議論，那就隨他們去，但村中似乎認為這樣不好。

「你為什麼認為我不像她們說的那樣？」

我姑且問問原因。

「我說不上來，」村中說：「我覺得妳這個人很務實。家裡打掃得很乾淨，很懂得挑選食材，不像只是在這裡小住一段時間。」

「喔。」我發出洩氣的聲音。他說得沒錯，我打算長住，所以才會花錢請人來修房子。

「而且妳在玄關放了花，還修剪院子裡的樹木。」

這棟房子有一座可以看到大海的簷廊，和一個小院子，我最近的工作就是整理院子。我希望秋天的時候，可以眺望著懸在海面上的月亮喝一杯。

「就算是酒店妹，應該一樣會整理家裡，那根本是你對工作的偏見。」

「那我就直說了，我覺得妳沒有風塵味。健太你上次不是說，你也這麼覺得嗎？」他徵求健太的同意，剛才一直心神不寧地看著我們的健太，臉漲得通紅，手足無措。

「因為和我們認識的小姐感覺完全不一樣，她一點都不像，對不對？」

「你、你在說什麼啊！趕快閉嘴啦。」

健太向我鞠躬道歉說：「對不起，對不起。」沒想到接著問我：「但是，妳應該不是酒店小姐吧？」原來這傢伙也很好奇嗎？

「我從來沒有做過這種工作。」

我嘆著氣說，健太鬆了一口氣。

「也沒有黑道在追殺我。」

我越說越生氣，我為什麼要特地解釋這種事？雖然我搬來這裡之後，沒有去向左鄰右舍打招呼，但非拜訪鄰居不可嗎？然後告訴他們，我是基於這樣那樣的原因搬來這裡？為什麼我只是住在這裡，就必須向他們證明我的身分？

唉，真是火大。我是不是選錯了長住的地方？為了不想和別人有任何牽扯，才會搬來這裡，但結果還不是一樣？肚臍稍微上方的位置一陣疼痛，我忍不住摸著那裡，想到一件事。

「我問你，你為什麼覺得我被黑道砍……」

我原本想問他，但立刻想到了原因。就是那家私人醫院。我的傷口疼痛難耐，於是去醫院拿止痛的抗生素。

「難以相信，竟然隨便洩漏病人的隱私。」

我渾身無力，癱坐在地上。我是不是可以告那家醫院？

「原來妳真的受傷了？」

村中驚訝地問。我瞪著他傻氣的臉說：「反正你會去到處亂說，無所謂啦，不管是被黑道追殺的酒店小姐，或是AV女優，隨便你們怎麼說，反正無論你們怎麼想，我都不在乎。」

我很想把他們趕走，但如果地板沒修好，我會很傷腦筋。我打算作為臥室的西式房間慘不忍睹，連東西都無法搬進去。

「修好地板之後，你們就趕快離開。」

我不想再和他們同處一室，於是站起身，抓起斜背包說：

「我傍晚六點再回來。」

「啊，三島小姐！呃，請等一下！我向妳道歉！」

健太發出緊張的聲音說道，我不理會他，走出家門。

帶著海水味的風撫摸著我因生氣而發燙的臉頰。我環顧周圍，思考著要去哪裡，然後決定還是去海邊。我沿著密集房屋之間蜿蜒的小路往下走，不到十分鐘，就來到海邊。

我住的房子位在小山丘靠近山頂的位置，從我家走到山麓的海邊，一路上有數十棟舊房子，有一半是無人居住的空房。這裡以前是很繁榮的漁港，但現在很少有人從事漁業，而且人口嚴重外流，幾乎都搬去都市生活，整座城鎮缺乏活力，居民越來越少。我去辦理遷入手續時，公所的大叔這麼告訴我，還很高興地說，很歡迎年輕人遷入。那個大叔還告訴我，在碼頭和魚市場那裡有很多家商店，也很熱鬧，但對我這個曾經在東京生活的人來說，這裡到處都一樣冷清。

我看著被海水腐蝕生鏽的鐵皮屋頂和緊閉的遮雨窗，走下和緩的坡道。我繞過之前這一帶的船主一家居住的宅邸，看到了好像用尺畫出的直線般堤防。有好幾處龜裂的水泥堤防上架著好幾座金屬梯子，不知道是不是釣客放在那裡，堤防上每次都可以看到垂著釣竿的人影。現在仍有兩個人在不遠處釣魚。兩個人都是駝背老翁，他們每天都在這裡釣魚，只是從來沒有看到他們釣到過任何魚。

走上梯子，一望無際的大海呈現在眼前。右側是碼頭和魚市場，遠遠可以看到有幾艘船停在那裡。左側後方是海岸，本地的孩子們經常在那裡戲水。雖然從這裡看過去，只有豆子大小，不過現在也有好幾個人在玩耍，歡快的笑聲隨著風飄過來。大家是不是準備過暑假了？

我張開雙腳，挺直身體，站在被陽光烤熱的水泥上，嘀咕著：「太失策了。」這裡完全沒有可以遮蔽烈日的東西，我竟然沒有做任何防曬措施就出門。今天穿的是灰色長袖連帽衫和牛仔褲，可以在某種程度上保護手腳，但問題在於臉。我根本沒化妝。我很想回家擦防曬乳液，再順便拿一把陽傘。我轉過頭，仰頭看向住家的方向。從這裡看向我家那棟小平房，只能看到藍色屋頂。我注視著屋頂，又想起了剛才的心浮氣躁。

我搬來這裡，原本想在那棟房子靜靜地生活，一個人與世無爭地過日子。當初是為了這個目的爭取到那棟房子，雖然不太方便，但我認為可以慢慢適應，完全沒想到竟然有人這樣大剌剌地刺探別人的隱私。

「氣死我了。」

雖然很想回家，但我不想看到那兩個臭男人。算我倒楣。我只能嘆一口氣，坐了下來。我把連帽衫的帽子拉到眼睛的位置抵擋陽光，再把腳伸向大海的方向。我搖晃著雙腳，視線望向遠方。夏日的陽光在蕩漾的水面閃著粼粼波光，海鳥優雅飛翔，在地平線和積雨雲之間勾勒出優美的線條。海風拂過我的臉頰，吹向身後。我打開背包，從裡面拿出MP3播放器，把耳機塞進耳朵，打開電源。

閉上眼睛，豎起耳朵，來自遙遠深處的歌聲震動我的鼓膜，如泣如訴，又好像在聲聲呼喚。我聽著歌聲，想起安安。安安如果聽說這件事，一定會覺得很好笑，說什麼這是因為豆粉妳的長相就讓人覺得很可疑。然後我就會嗆他，什麼叫我的長相很可疑，你是說我一臉猥瑣嗎？安安聽了之後，會笑得更開心，摸著我的頭對我說「我開玩笑的」，當然是由於妳很可愛，氣質脫俗，大家就發揮了各種想像力。這麼可愛的女生獨自移居到鄉下地方，如此充滿夢幻的狀況，那些人只能產生這種低層次的想像，真是太可憐了。這根本就像是以前兒童動畫的序幕。他會一次又一次摸著我的頭，這麼對我說。

光是想像這樣的情景，內心深處就感到溫暖。如果能夠和安安這樣對話，我一定能夠一笑置之。

但是，安安已經不在了。

「為什麼你不帶我一起走？」

我喃喃自語。就算是強迫他，我仍希望他可以帶我同行。當時我什麼都不明白，也聽不進任何人的忠告，必須用這種強硬的方式。如果是安安，我願意跟著他去任何地方。我知道要求安安做到這種程度未免太自私，正因如此，安安才會丟下我離開。

我專心聽著耳機內傳來的聲音。不絕於耳的聲音深沉遼遠、餘音繚繞，漸漸變成安安的聲音，彷彿安安在時遠時近地呼喚著我。豆粉、豆粉、豆粉。安安聲聲呼喚，卻不回答我的問題。這一定是對我的懲罰。

啪答。有什麼東西打中我的手背，我睜開眼，發現在不知不覺中，雨雲籠罩頭頂。我大吃一驚的同時，天空已經下起傾盆大雨。我慌忙起身，尋找可以躲雨的地方。我把MP3播放器塞進背包，衝進離我最近的空屋屋簷下，拉下被淋得濕透的衣帽，仰望天空。雖然很希望只是陣雨，但連遠方的天空都是一片灰色。我隱約想起收音機的天氣預報好像說傍晚開始會下雨，還說這場雨會持續一陣子之類的。我一看手錶，發現離傍晚六點還有三十分鐘以上，早知道應該在背包裡塞一本文庫本的書。我只能抱著膝蓋坐下，靠在牆壁上。

眼前的景色蒙上一層雨幕，好不容易熟悉的風景變樣，讓我陷入一種錯覺，好像走進陌生的地方，還迷了路。空氣的溫度和剛才不同，只有柔和的雨聲溫柔地在耳邊響起。我聽到窸窸窣窣的聲音，轉頭一看，不知道哪裡冒出來一隻小青蛙在地上爬。難道牠聽到了雨的呼喚嗎？

「為什麼會在這種地方？」

我小聲自言自語。我放棄一切來到這裡，但內心深處卻有一種好像遭到拋棄的焦躁。我很想馬上去某個地方，但明明這裡就已經是目的地了。

我重新抱著膝蓋，正想閉上眼睛時，聽到踩在水中的腳步聲緩緩靠近。我不禁緊張起來，看到一個穿著鮭魚粉色T恤和牛仔褲的孩子走在雨中，但沒有撐傘。是不是在玩的時候突然下起雨？

「喂，妳要不要來這裡躲雨？」

我忍不住問她。雖然她低著頭，我看不清楚長相，但從她齊肩的頭髮和苗條的身材，我猜想是國中女生。

「喂，過來這裡。」

我站起來，稍微提高音量又重複一次。她似乎並不怕淋雨，渾身都濕了。她的視線穿過瀏海看了我一眼，於是向她招招手。

「來啊。」

女孩停下腳步，一臉匪夷所思地注視我，但只有短短一瞬，她很快便移開視線，再度邁開伐。「喂！」雖然我叫著她，但她頭也不回，轉眼之間，就消失在雨中。

「真是個奇怪的孩子。」

至少可以有點反應啊。我心想。話說回來，即使留在這裡躲雨，也不知道這場雨什麼時候才會停。我重新坐下，再度仰頭看著天空。恐怕我得淋成落湯雞回家了。我嘆口氣，聽到有人快速跑過來的腳步聲，接著大喊著：

「三島小姐！三島小姐！三島小姐！」

村中邊跑邊叫著我的名字。他的聲音很吵，而且我又沒有迷路，沒必要用這種方式來找人。我不想回應，悶不吭氣，但聲音越來越近。

「三島小姐！啊，找到妳了！」

撐著一把大黑傘的村中發現了無法融入牆壁的我，向我跑來。他在我面前氣喘如牛，全身都因劇烈呼吸而起伏。

「太好了。我想起妳沒有帶雨傘出門。」

「嗯。」

他太陽穴流下的水滴似乎並不是雨水，他深深對我鞠躬說：

「對不起，我平時就經常被罵，說我很不會說話，對不起，讓妳感到不舒服。」

我抬頭看著他彎下高大的身體，還有他右旋的髮旋片刻後說：

「沒關係，安安已經安慰我了，沒事了。」

「那是誰啊？」村中抬起頭，看到他滿臉是汗，一臉錯愕，我差點噗嗤一聲笑出來。

「總之，我沒有生氣，但以後不要再打聽有關我的事或是我的經歷，我覺得很不舒服。」

「我知道，我會嚴厲警告我阿嬤她們，絕對不要突襲妳。」

「突襲？」

村中用手背擦著汗說：「這一帶的婆婆媽媽都很誇張，我猜她們可能會好幾個人圍著妳，然後七嘴八舌問妳一大堆問題，而且會一直逼到妳開口為止，更傷腦筋的是，她們認為這是出於好心。」

「哇噢，太可怕了。」

我皺起眉頭，光是想像這種情況，過度換氣症就快發作了。

「是啊，」村中點頭表示同意，「所以我原本想說在發生這種狀況之前，必須採取某些措施，沒想到我的行為和那些婆婆媽媽沒什麼兩樣。」

看著他好像挨罵小孩般落寞，我才終於知道，原來他剛才問出那個無禮的問題是出於善意。

「別再提了，但是你無論如何都要阻止她們來突襲我。」

村中用力點頭，然後把手上的另一把雨傘遞給我。

「地板已經全都換好，可不可以同意讓我們幫妳搬家具？」

我打算放在臥室的衣櫃和床還暫時放在走廊上，原本打算自己搬進去，既然有男人可以幫忙，那就請他幫我搬進去。我考慮一下後，接過雨傘。

「那就麻煩你了，我會付費。」

「不，這是補償，就當作是額外服務。」

村中臉色一亮，沒想到他的表情很豐富。

「健太也還在，很快就能搞定。」

我們一起邁開步伐，默默走了一段路之後，村中突然想到什麼似地開口。

「我想到了，可能是因為那棟房子的關係。」

我聽不懂這句話的意思，轉頭看著他，村中說：「也許是因為妳住在那棟房子，那些婆婆媽媽才會說妳以前是酒店小姐。」

「為什麼？」

「以前住在那裡的是一位年輕時當過藝妓的老婆婆，她當時還寶刀未老，在這裡開班授課教長歌。她素雅脫俗，又很漂亮，這一帶的好色老頭都爭相跑來當她的學生，我阿公也是其中之一，我阿嬤經常為了這件事和他吵架。」

沒錯沒錯。村中瞇起眼睛，顯得很懷念。「那些婆婆媽媽一定還念念不忘這件事，其實根本和妳沒有任何關係。」

「是喔，」我轉動著雨傘附和，「如果是這樣，那她們註定要說我是酒店小姐了。」

「為什麼？」

「因為那位年輕時當過藝妓的老婆婆就是我的外婆。」

村中停下腳步，臉上盡是驚訝。

「我並不是來到一個和我完全沒有交集的地方。」我媽一直不知道該怎麼處理這棟房子，多年來一直放著不管，所以由我繼承，然後搬來這裡生活。

「我小時候曾經來過這裡好幾次，還記得有很多爺爺都很喜歡我，搞不好你阿公也在其中。」

每次來這裡，大家都很疼愛我，我很喜歡那棟可以看到大海的小房子。

「所以我對這片土地印象很好。啊，原來是這麼一回事，既然如此，那些婆婆媽媽的確會討厭我。」

算了，這種事根本不重要。我聳聳肩，村中卻手足無措起來。我對著一臉著急的他說：「你剛才稱讚我外婆很漂亮，其他事就無所謂了。」看來村中可能是個有趣的人。

「你之前都不太開口，是因為經常說錯話嗎？」

我問他，他垂頭喪氣地點頭。

「我經常被罵多嘴多舌。」

他當初給我的沉默寡言職人形象已經完全崩壞，但並不完全是惡劣地探聽他人隱私的臭男人。他應該不是壞人，只不過人不可貌相，村中內心深處可能隱藏了令人不寒而慄的冷酷，會在某個契機之下顯現出來。

遠處傳來雷鳴聲，村中催促著我：「趕快回家比較好。」然後走在我前面。我回頭一看，發現一道閃電出現在大海遠方。

✦

之後，雨連續下了五天。夏天的綿綿陰雨有助於降溫，感覺特別涼爽。因為無法像以前那樣整理院子，於是只能躺在簷廊上睡午覺或是看書，怔怔地望著細雨迷濛的大海。

今天一樣從下午就躺在簷廊上看著天空。厚實的雨雲遮蔽住整個天空，完全看不到一絲藍天。一直開著打發時間的收音機內，傳來將幾年前的流行樂改編成爵士風格的歌曲。

「要不要來養隻貓？」

我幽幽地嘀咕，但隨即覺得自己真是軟弱。我想起這五天來，完全沒有和任何人說過話。在此之前，除了村中以外，沒有和任何人好好聊過天。才剛想到這些事，就脫口說出那句話，未免太沒用了。

搬離東京的租屋處時，同時將手機門號解約。我沒有告訴任何人——包括朋友和工廠的同事——就獨自搬來大分。只有我媽知道我在這裡，但她應該很高興和我斷絕母女關係，不可能特地來這裡找我。總有一天，我會被所有人遺忘。

我不想和任何人有任何牽扯。雖然實現了當初的願望，現在卻倍感寂寞，想要尋求溫暖。

『貴瑚，妳是感受不到別人的溫暖，就無法活下去的軟弱動物。瞭解寂寞的人，正因懂得寂寞，才會害怕失去。』

耳邊響起美晴的聲音，忍不住沮喪。美晴知道我曾經獨自身處世界的盡頭，也知道我多麼渴求溫暖。

美晴來到我住院的病房時斥責我說：『何必呢？妳太傻了。』妳根本不需要做這種事，妳周圍不是有很多人嗎？妳根本不需要對那個男人的愛那麼執著，妳太小看周圍的朋友了。

我躺在病床上，默默聽著她責罵我的話。現在的我的確不再孤獨，但是，我傷害了唯一必須回應的對象，如果當時沒有動手，我現在應該已經死了。

腹部深處一陣疼痛，我不禁皺起眉頭，隔著T恤，把手放在那個位置，輕輕撫摸著。

音樂旋律越來越小聲，接著傳來女主持人歡快的聲音。

九州地區受到滯留鋒面的影響，已經連續下了好幾天的雨，但鋒面正緩慢向東北方向移動，下週一天氣就會放晴。各位聽眾，夏天終於要回來了。

外面下著雨，難以想像這場雨會停止。我撫摸著肚子站起來。

「出門去買菜。」

我出聲說道。整天窩在家裡才會出問題。好幾天沒去近藤商店了，去買好一點的肉和葡萄酒，為自己做一頓豐盛的晚餐。我拿起皮夾，走出家門。

結完帳之後，才後悔不應該出門買菜。我正在把商品裝進塑膠袋，有人拍了我的肩膀。回頭一看，發現一個不認識的阿婆站在身後，穿了一件應該是在這家店買的、大象圖案很逼真的花布洋裝。

「妳是在浪費人生。」

阿婆帶著口音很重的方言，滔滔不絕地唸個不停。我只能把聽得懂的單字拼湊起來，發現她似乎在指責我不外出工作這件事，一下子說什麼年紀輕輕，一下子又說人生太怠惰。看到我無動於衷地看著她，她似乎火冒三丈，越說越激動，一雙混濁的眼睛骨碌碌地轉個不停。她似乎下定決心，不讓我逃走。這個人是怎麼回事？我搞不清楚狀況，一個掛著店長名牌的大叔慌忙跑過來解圍。聽到店長說：「疋田太太，不可以這樣啦。」我腦海角落閃過一個念頭，幸好那個阿婆不是姓村中。但又想到村中不是說，絕對會阻止那些婆婆媽媽嗎？我不經意地打量周圍，發現幾乎所有人都看著我們，比起皺著眉頭，顯得有些為難表情的人，更多的是彷彿在看好戲的愉快眼神。

「……請問，我可以走了嗎？」我問。

「對不起，請便、請便。」店長滿臉歉意地向我鞠躬，那個姓疋田的阿婆仍然大聲說著：「必須有人告訴她啊，怎麼可以假裝沒事呢？如果允許那種生活，人就會完蛋。不，她已經完蛋了，活著根本浪費。」我聽著背後傳來的聲音，走出近藤商店。

我剛才失心瘋買了兩瓶紅葡萄酒，袋子很重。我用力握著卡進手掌的袋子，另一隻手撐著雨傘。雨越下越大，心情卻越來越沮喪。唉唉，早知道不應該出門買菜，在家裡吃泡麵就好。

穿著薄底橡膠拖鞋的腳被濺起的泥水弄濕，T恤也全都濕了，黏在皮膚上。每次只要吸收濕氣，就會蓬起來的天然鬈髮現在一定亂七八糟。

一陣強風吹來，把雨傘從我手上吹走。飛起的雨傘飄落在空屋的大門前，我想跑過去撿傘，但又隨即停步。我突然覺得一切都無所謂了。反正只是一把三百圓的塑膠傘，根本不覺得可惜。不要說雨傘，手上拿的購物袋也不想要了。裝了葡萄酒的玻璃瓶最好摔爛，肉最好插滿玻璃碎片。我產生了想要丟掉一切的衝動，但一旦這麼做，只會讓我討厭無法控制感情的自己。正當我好不容易忍住沒有把東西摔在地上，肚子一陣好像挨刀般的疼痛。我無法呼吸，當場坐在地上。葡萄酒在我丟在地上的袋子中發出嘎答嘎答的聲音。

好痛、好痛。就像之前菜刀刺進肚子時般痛不欲生，我無法呼吸。該不會傷口化膿了？不，傷口已經癒合，那家私人醫院的醫生也說，看起來更像是心理上的問題。但是我好痛。我按著肚子，彎著身體。身體顫抖著，淚水撲簌簌地流下。我可能會痛死，可能會在沒有人認識我的地方悄悄死去。

「安安，安安。」

這種時候，我只能呼喚一個名字。

「安安，救救我。」

當我從咬緊的牙齒縫隙擠出這句話時，雨突然停了。我驚訝地抬起頭，看到眼前有兩條穿著牛仔褲的腿。我繼續往上看，發現一個女孩為我撐著剛才被風吹走的雨傘。我看過那件鮭魚粉色的T恤和長髮，是上次見到的那個女孩。女孩看到我哭泣的臉，驚訝地瞪大眼睛。

她為什麼會走到我身旁？上次我叫了她好幾次，她都沒理我，為什麼現在、在這個時間點走到我身旁。

女孩微微偏著頭，摸著自己的肚子周圍，嘴唇動著，似乎在發問，但我聽不到她說話的聲音。她沒辦法說話嗎？我不經意地觀察著少女，看向她T恤袖子深處時，忍不住倒吸一口氣。我覺得好像瞥到熟悉的顏色。

「啊……那個，我、沒事。」

前一刻的劇痛緩緩消失了，我擦擦眼淚對她說。她點點頭，聽力似乎沒問題。

「呃，謝謝妳。」

女孩為我撐傘遮雨，她似乎沒有帶傘，淋得渾身濕透。我看著她淋濕的身體，發現她有點髒。T恤的領口已經變成褐色，袖口和衣襬綻線，牛仔褲也是，腳上的球鞋很破舊，而且尺寸不合。她並不是留長髮，而是很久沒有剪。

不知她是否從我的表情中得知疼痛已經消失，她把雨傘放在我面前，轉身準備離去。我慌忙抓住她的衣襬，央求她：「等一下，等一下。」女孩抖了一下，轉頭看著我。

「呃，那個啊，我可能又會痛得走不動，所以，請妳……送我回家！」

我覺得不能讓她就這樣離開，一個勁地拜託她。對了，我剛才買了太多肉，一個人吃不完，妳可以和我一起吃嗎？妳喜歡吃牛排嗎？我煎的牛排超好吃。女孩一臉僵硬地動動嘴唇，但沒有發出任何聲音。

「可以嗎？謝謝妳。那我們走吧，我家就在坡道上方。」

我利用我們之間無法順利溝通，幾乎半強迫地把她帶回家。

我一回到家，就立刻在浴缸放水。雖然杵在玄關的少女臉色鐵青，但我假裝沒有察覺。當她表現出想回家的態度時，我就對她說「妳再陪我一下，我可能又會肚子痛」，硬是留她。當浴缸放滿水後，我抓住她的手說：「來洗澡吧。」她搖著頭表示拒絕，我拉著她來到更衣室說：「如果害妳感冒就不好了。」我擠出笑容，努力不讓她害怕。但在笑容背後，我覺得自己真的像傻瓜。我以為自己在撿野貓。不，不對，並不是這樣，但也並非只是出於善意吧？

「我們一起來泡澡，我快冷死了。」

少女僵在更衣室門口，我當著她的面脫下衣服。當我把滴著水的T恤和牛仔褲丟進洗衣機，只剩下內衣褲時回頭一看，發現她倒吸一口氣。她看著我的肚子，凝視著我肚臍上方五公分位置、仍然鮮明的傷痕。我指著傷痕笑了笑。

「這是之前刺穿的傷口，尖刀就從這裡刺進去。」

是我情緒失控，揮著尖刀說要動手，在場的人沒事，而尖刀則刺進了我的肚子。

「之前發生了很多事……先不說這些，我們來泡澡。」

我走近個子比我稍微矮一點的女孩，立刻聞到刺鼻的臭味。她的頭髮也很油膩。

「妳長得這麼漂亮，如果不好好打理是犯罪，是在犯罪。」

我要和她一起泡澡，把她徹底洗乾淨。我伸手抓住她的衣服，她扭著身體抵抗。她可能顧及到我的傷口，可以感受到並沒有用力掙扎。我用力脫下她的T恤之後，頓時說不出話。

瘦得皮包骨的身上，瘀青就像圖案般散開。原本面對我的身體轉過身，似乎不想讓我看到身體，但背上也有瘀青。

剛才從袖子深處，看到很像是瘀青的印記，我果然沒有看錯。但瘀青的數量太驚人，那不是一兩次的毆打造成的，這不是代表眼前的身體隨時都在疼痛？

「你……果然被家暴了，對不對？」

我忍不住脫口問道，但隨即後悔了。我不可以這麼問。果然不出所料，他臉色大變，然後打開門，逃也似地衝出去，我立刻聽到玄關的拉門粗暴地打開、關上的聲音。我急忙想追上去，但發現自己只穿著內衣褲，不禁咂嘴罵了一句：「可惡！」我正想把手上的東西用力丟在地上，隨即發現那是剛才那件T恤。我一直抓著那件T恤，我看著光是拿在手上就可以聞到臭味的T恤，嘀咕說：

「而且，他是男生……」

骨瘦如柴的單薄身體原來是少年。他的五官很漂亮，再加上頭髮的關係，我誤以為是女生。我完全忘記自己缺乏觀察力這件事。

他一身邋遢的服裝，再加上全身的瘀青，絕對遭到家暴。該怎麼辦？遇到這種事該報警嗎？我低頭看著仍然帶著餘溫的衣服思考著。應該有很多孩子因警方的介入而得救，但我知道，外人的介入可能導致孩子的下場更慘，更何況我對他一無所知。

雨淅淅瀝瀝地下著。我到底帶了什麼回家？我注視著手上的衣服。

2

融入夜空的聲音

每天早上六點半，就有一群人在我家附近做廣播操。在一陣低聲說話的嘈雜後，熟悉的音樂聲就會隨風飄來。我連續好幾天都被這些聲音吵醒，於是心血來潮，想去看看到底是哪些人、聚集在那裡做廣播體操。

海邊城鎮的清晨很涼快，柔和的海風吹來。我穿著T恤和短褲，在家門口深呼吸，用力伸伸懶腰。抬頭仰望的天空中沒有雲，一片清澈蔚藍。今天應該是酷熱的一天。

我豎起耳朵，走向聲音傳來的方向。轉入坡道中間的岔路，發現有一棟房子的前方是一座廣場。我以為散步時已經走遍附近所有地方，完全不知道還有這個廣場。這裡像是公民館嗎？小孩子和老人在廣場中央做體操，大致觀察一下，就可以發現老人居多，但小孩子的人數比我想像中更多。有跟著母親一起來的幼兒，有看起來像是中學生的高個子孩子。

我並沒有在做體操的孩子中看到那名少年的身影。雖然我曾經抱著一線希望。

「有什麼事嗎？」

一名老伯注意到我，向我走來。他一頭整齊的白髮，身體挺得很直。我無法分辨老人的年紀，從他臉上的老人斑和皺紋判斷，應該差不多古稀之年。他的脖子上掛著

『晴朗老人會會長』的牌子。老伯打量著我，然後恍然大悟地點點頭說：

「喔喔，妳就是搬到上面的那位小姐吧？請問妳叫什麼名字？」

「啊，呃，我姓三島，初次見面。」

我鞠躬向他打招呼，老伯指著在胸口搖晃的牌子說：

「我姓品城，是這一帶的老人會會長。目前是暑假，所以每天早上都和小孩子一起在這裡做廣播操。對了，妳也一起來參加吧。」

老伯露齒而笑的樣子看起來很乾脆，他說話和態度都有「俐落」的感覺。我正不知道該如何是好，一個光頭老伯插嘴說：「校長是好人，妳不必這麼緊張。」他光著上半身，下半身穿著一件不知道哪一所學校的運動褲——上面繡著木山的名字。

「他在退休之前，都在中學擔任校長，他是好人，妳放心吧。如果是像我這種人找妳說話，妳可以拔腿就逃。」

他哈哈笑了，只不過他看起來並不像他自己說的那麼壞。品城老伯叫那個老伯「市川先生」，原來他不姓木山？

「廣播操已經結束了，不好意思，請你幫孩子們在卡片上蓋章。」

「欸。」我在嘴裡嘀咕。好懷念。以前暑假期間，每天早上都要去做廣播操，而且都要帶上參加卡。我總是揉著眼睛去參加，之後參加卡上就可以蓋滿印章。全勤的孩子可以領到一個鯨魚形狀的撲滿，啊，對了，那個撲滿被真樹搶走了。他哭著吵著說要那個撲滿，於是媽媽就從我手上拿走。真樹很貪心，但喜新厭舊，而且很粗暴，三天之後，鯨魚撲滿就被摔得粉碎。我想起自己曾經帶著悲傷的心情看著丟在垃圾桶內的藍色碎片。我當初就是想要鯨魚，才每天努力早起。

品城老伯遞給我一張卡片說：

「給妳一張。」

「喔，謝謝。請問這附近的孩子都會來參加嗎？」

我接過卡片時問品城老伯，他撐大了鼻孔笑著說：

「是啊，一到暑假，這附近的小孩子都會來，這是每年的慣例，之前電視台還曾經來採訪，說這裡是老人和小孩相處融洽的地區，由我出面接受採訪，大家都稱讚說我很上鏡。」

「這樣啊。」我不置可否一笑。他突然莫名其妙地開始自吹自擂，我不知道該怎麼應對，而且比起這種事，我更在意那名少年。雖然我很想向他打聽更多事，但擔心會引起懷疑。我正在思考該怎麼辦時，他突然問我：「三島小姐，聽說妳沒有外出工作？」

「嗯，你消息真靈通。」

他也經常窩在近藤商店嗎？不，可能是常在那裡的某個人是老人會的成員。總之，這裡的老人之間的聯絡網一定比漁網更密更廣更牢固。我想像著那些老人臉上帶著笑容，相互拉扯漁網的樣子。我就像是落入漁網的沙丁魚嗎？

「雖然我不知道妳是基於什麼理由，但要儘快找到工作。遊手好閒的大人整天在外面晃蕩，會對小孩子的教育造成不良影響。對大人來說，是可恥的事。」

品城老伯語氣開朗，爽快地對我說，但說話的內容和前幾天的阿婆一模一樣。我知道自己表情很僵硬。他哪是什麼好人，根本只是愛教訓人的老頭子。

「我認為刺探別人的隱私也會對小孩子的教育有不良影響。不好意思，打擾你們了。」

我不想和這種人有任何牽扯。我故意擠出燦爛的笑容，轉身離開，然後把他剛才給我的卡片丟進廣場入口的垃圾桶。

那天下午，玄關的門鈴難得響了。我以為是那名少年，慌忙去開門，沒想到是村中拎著塑膠袋站在門口。他今天可能休假，一身T恤和棉長褲的輕鬆打扮。

「怎麼是你啊？」

我很失望，嘆著氣說，村中垂頭喪氣地說：

「好過分，妳可以不要露出這種好像看到礙眼東西的表情嗎？」

「我並不覺得你礙眼，有什麼事嗎？上次的費用我已經匯款結清了。」

村中的態度比之前更熱絡，我對他心生警戒，他把捧在雙手上、撐得滿滿的塑膠袋遞到我面前說：

「如果不嫌棄，這個給妳。」

塑膠袋裡裝著很多冰棒。有西瓜冰棒、香草威化冰淇淋、濃醇巧克力雪糕等各種不同的口味。我以疑惑的眼神看著他，他說：

「沒有啦，只是不知道妳最近好不好，而且我翻了死去阿公的舊相簿，找到這些。」

他又遞給我幾張泛黃的照片。我低頭一看，發現都是死去的外婆的照片。可能是在教長歌時拍的，她整齊地挽起頭髮，一身和服，面帶微笑，好幾個人正襟危坐跪坐在她身旁。還有一張照片是夏天廟會時拍的，外婆在一群身穿浴衣、圍著望樓跳舞的人群中微笑。

我完全沒有任何外婆的遺物。外婆去世時，媽媽把外婆所有的東西都丟掉了。值錢的東西——大島紬的大振袖和服和很大的紫水晶戒指目前應該收在媽媽的衣櫃裡，其他的日用品和相簿全都丟得一件不剩，所以我決定把這棟一直找不到買家而閒置在這裡的房子視為外婆的遺物。我想起村中之前幫我搬家具時，曾經稍微向他提過這件事。

「你特地找出來的嗎？而且這張照片……」

其中一張照片上，有一個小女孩坐在外婆的腿上。那個剪著像市松人偶般的髮型，緊閉雙唇板著臉，看起來很不討人喜歡的女孩不是別人，就是小時候的我。

「這個小女孩絕對就是妳，對不對？」

村中就像發現了寶物的小學生，笑得天真無邪。「我看到照片之後，就決定一定要拿來給妳。」

「你好厲害，我太高興了。」

媽媽連外婆的遺照都丟了。我曾經質問她，為什麼要這麼做？她說小孩子不要管大人的事，然後痛打我一頓。媽媽痛恨自己是私生女，也痛恨生下自己這個私生女的外婆。我從小到大，一直希望可以名正言順地生孩子，名正言順地把孩子養育成人。

媽媽每次喝醉酒，都會說這些話。但是，不好的基因很麻煩，我也生下了妳這個名不正，言不順的孩子。

「我以前很愛我的外婆。」

我把照片抱在胸口，對村中說。

「我家只有茶，要進來喝杯茶嗎？」

村中有點驚訝地瞪大眼睛，然後抓抓臉頰說：「我們一起吃冰棒。」

「好啊，那你進來。」

我們一起坐在簷廊上，吃著村中帶來的冰棒。我一隻手拿著西瓜冰棒，打量著村中帶給我的照片。

「照片中坐在最右邊那個表情僵硬的人就是我阿公。」

村中用小木匙吃著白熊杯裝冰淇淋時說，仔細一看，發現的確有一個和村中的感覺神似，看起來很木訥的男人。

「是喔，看起來好像很老實。」

「雖然很好色，但的確算是老實人。起初雖然醉翁之意不在酒，是為了妳外婆才來上課，但練習比任何人更認真，最後還考到三味線能被授予藝名的『名取』資格。」

「你阿公還挺厲害的嘛。」

外婆微笑的臉龐、彈三味線時毅然的臉龐。隨著時間的流逝，漸漸失去輪廓的記憶就在眼前。我之前還以為永遠都見不到外婆了。

「我想起來了，我以前曾經來這裡叫阿公回家，搞不好曾經見過妳。」

村中興奮地說。我用指尖撫摸著外婆的臉，突然想到一件事。

「對了，你從小到大都住在這裡，應該很瞭解這裡的大小事吧。你認不認識一個長頭髮的男生，年紀大約是中學生左右？他瘦得像女生一樣，五官很漂亮，八成沒辦法說話。」

「可能是琴美的兒子。」

我不抱希望地打聽，沒想到村中不加思索地回答。

「幾個月前，我的國中同學帶著兒子回來這裡，聽說他有語言障礙，沒辦法說話。」

「啊！應該就是他。你和那個叫琴美的同學關係很親近嗎？」

「不，完全沒有，」村中聳聳肩，「姑且不論以前，現在應該沒有人和她很親近，她從高中輟學，然後就離開這裡，接下來的十年多期間，沒有人知道她在哪裡、做些什麼。後來她帶了一個很大的孩子回來。這件事在我們這些仍然留在本地的同學之間引起了一番討論。」

「這樣啊。」我嘀咕。八成是讀高中時懷孕，於是離開這裡，生下孩子。當我說出自己的想法後，村中點點頭說：

「從小孩子的年齡判斷，應該就是這樣。琴美的兒子怎麼了嗎？」

「喔，沒事，上次下雨的日子，我的雨傘被吹走了，我一時手忙腳亂，是他幫了我。」

我不想多嘴，含糊地笑了笑說。

「是喔，」村中發出驚訝的聲音，「原來他有能力這樣做。」

「什麼意思？」

「聽說那個孩子無法和別人溝通。」

我說不出話。怎麼可能？不可能有這種事。

「聽說他整天抱著舊收音機，不知道是聽鳥啼還是蟲鳴的聲音，而且還討厭洗澡和換衣服，每次都會大吵大鬧，總之就是一個很難管教的孩子，要照顧這樣的孩子應該很辛苦。」

村中深有感慨地說。雖然他說和琴美不熟，知道的卻很詳細。想到在這種鄉下地方，任何事都會不脛而走，感到不寒而慄，但仔細聽了之後才發現，原來是琴美的父親向周圍人抱怨這些事。

「雖然他們現在一起生活，但之前都沒有見過面，所以並不覺得是自己的外孫，而且又無法溝通，根本沒辦法喜歡他。我阿嬤很同情他，一直說會長太可憐了。」

「是喔……呃，會長？」

我聽到了關鍵字。最近在哪裡聽過這個頭銜。

「就是這一帶的老人會會長。」

原來是那個討厭的老頭。怎麼會這樣？

「品城老師——我每次都這樣叫他，老師對教育很熱心，很支持認真刻苦的學生和父母。我……腦袋不靈光，又是個搗蛋鬼，經常挨他的罵，但我現在知道，他是因為關心我們。總之，既然那位老師這麼煩惱，我相信一定很辛苦。」

那根本就是只疼愛乖巧的學生嘛。我在內心嘀咕。無論在哪裡，都有自私的老師，討厭那些和自己唱反調的學生。雖然早上那個穿運動褲的老伯說他是好人，但我對他沒有好印象，而且認為他根本不是什麼好老師。

吃完冰棒後，村中邀我：「下次要不要一起去喝酒？」他說魚市場附近有一家菜餚很好吃的居酒屋。他看我沒有回答，又繼續說：「如果妳不喜歡只有我們兩個人，我還可以找健太或是其他人。我只是覺得交些新朋友會很開心，發生什麼狀況時，朋友也可以幫忙。」

村中親切一笑。我知道他在關心我，雖然很高興，但還是回答說：

「我不去，我不希望別人幫助我。」

村中一臉匪夷所思。我不想再接受別人的幫助。我不能再接受別人的幫助。

「謝謝你的照片和冰棒，你可以回去了。」

我說完後，走回房間。

✦

我經常做一個夢。那個夢帶著不安感覺，就像是靜靜地生活在大海深處的魚，心血來潮地出現在淺灘。

過午時分，柔和的風從落地窗吹來，吹起窗簾。母親坐在椅背放倒的躺椅沙發上，手上抱著嬰兒打起瞌睡。嬰兒拚命吸著自己小巧的手指，發出啾、啾的聲音。父親發現之後，從母親手上抱起嬰兒，親吻嬰兒柔嫩的臉頰。母親慌忙醒過來，父親笑著對她說，沒事，妳睡一下。妳每天都很辛苦，一定累壞了。母親開心地微笑著，對父親說聲謝謝。老公，我很幸福，我至今仍然難以相信，竟然有這樣的幸福等著我。

眼前的景象賞心悅目。那是任何人都無法侵犯、實實在在的幸福。這一幕似乎發出了淡淡的光芒，我只能遠遠地看著，無法加入其中。

媽媽，我也想抱一抱弟弟，我想用力吸一吸他身上甜甜的奶香。雖然我很想對母親這麼說，但聲音變成了硬塊，卡在喉嚨深處出不來。夢中的我知道，一旦我這麼說，絕對會挨罵。

我的家人近在眼前，卻又離我很遙遠。

『貴瑚，妳在看什麼？』

繼父發現我正在看他們，收起臉上的笑容，用冰冷的聲音對我說：

『不要一臉貪婪，妳去那裡！』

繼父像能劇面具般完全沒有感情的臉很可怕。如果不聽他的話就會挨打，但是我的雙腳無法移動。我腦袋深處期待著媽媽對我說：『過來媽媽這裡。』我明知道不可能發生這種事，媽媽根本沒有看我一眼。

繼父不耐煩地咂著嘴走向我。我必須趕快逃。但是，我的腳還是無法移動。

『那個，爸爸……』

『為什麼不聽話！』

啪。臉頰發出聲音。我因為承受的衝擊醒過來。每次都這樣。

睜開眼睛，看到漸漸熟悉的天花板。我連續眨了好幾次眼睛，嘆氣。

「……好久沒做這個夢了。」

那是二十年前的記憶。我以為自己忘記了，但夢境清晰得好像是昨天發生的事。我已經不奢望媽媽轉頭看我，但為什麼還會做這個夢？難道是因為搬來這裡之前，去見了好幾年不曾見面的媽媽？

『妳不請自來，一進門就開口向我要外婆的房子？什麼意思啊？』

媽媽看到我踏進家門，態度依然冷淡。好幾年沒有見面、沒有聯絡的女兒登門造訪，帶給她的只有不愉快。雖然我並不奢望她會歡迎我，但為了確保自己有棲身之處，只能硬著頭皮去找她。

『妳要那種鄉下地方的破房子幹嘛？』

『我要住。』

我簡短地回答，媽媽皺眉。

『特地搬去九州的偏遠角落？妳該不會闖了什麼禍，做了什麼會影響真樹找工作的事……』

『我沒有闖禍，只是想在那裡看著大海過日子。』

我去那裡之後，就不打算再回來了。媽媽一臉狐疑地注視著我，聽我這麼說後問：『妳打算和那個男人一起住嗎？我忘了他叫什麼名字，就是那個沒禮貌的男人，妳打算和那種人結婚嗎？』

『不知道，這種事不重要，妳把那棟房子過戶給我，我就不會再踏進這個家門，妳和我斷絕母女關係也沒關係。』

媽媽瞪大了眼，我直視著她。她比我記憶中稍微老了一些，而且好像變矮了。曾經打過我無數次的那雙手手背上血管和骨骼十分明顯，我一直屈服在那雙手的威嚇之下嗎？

『一棟閒置的房子就可以打發掉麻煩人物，不是很划算嗎？把房子給我吧。』

媽媽稍微考慮一下後說：『妳不要之後又來向我要錢。』

我點點頭說：『要不要我寫下字據？』

『……嗯，那倒不必。』

媽媽不耐煩地揮揮手，說她會去辦理手續。『只要過戶給妳就沒問題了吧？但妳以後別再來這裡了。』

幾天後，我的手機接到媽媽聯絡，說她已經辦完過戶手續了。我早就打算把手機解約，那成為我和媽媽之間最後一次聯絡。

『媽媽，我們以後不會再見面了。我想問……』

妳有沒有一點喜歡我？我原本想這麼問，但無法問出口。媽媽毫不猶豫地掛上了電話。我聽著冷冰冰的忙線音，忍不住思考，對她而言，我到底算什麼？她不是曾經在夜晚緊緊抱著我說：『雖然明知道名不正，言不順，但我還是想把妳生下來』嗎？不是曾經在早上哭著對我說：『因為有妳，所以我才能夠活下來』嗎？難道那些都是我看到的幻覺嗎？至少該讓我知道，我多年來賴以為生的救命稻草真實存在。

「……算了，早就無所謂了！」

我故意大聲說道。這種事早就無所謂了。我已經不再是哭著從夢中醒來的小孩子，而且媽媽只是我憑自己的意志終結的人生中的遺物，我不需要再追尋她了。

『豆粉，妳會在第二人生中遇到靈魂伴侶，一定可以邂逅一個妳愛他，他也愛妳，這個世界上獨一無二的靈魂伴侶，妳可以得到幸福。』

當我因失去母親幾乎崩潰時，把我拯救出來的安安對我這麼說。我不認為這個世界上會有靈魂伴侶這麼遙不可及的人，但安安語氣堅定地這麼說，然後對我微笑。別擔心，一定會遇到，在那個人出現之前，我會守護妳。

當時，我覺得只要有安安那句話，我就可以活下去。即使沒有靈魂伴侶也沒有關係。只要有他那句話，我就可以繼續往後的人生。他讓我內心感到如此充實。當時我發自內心這麼想。

我下了床，打開窗戶。遠處是一片蔚藍的海，海面上方飄浮的雲好像剛出生的棉花糖般。還沒有被太陽烤熱的風帶來廣播操的聲音。今天早上，那些老人仍然嘿喲嘿喲地做廣播操，小孩子拿著卡片蓋章嗎？一如往常的平靜早晨，溫柔的景色、熟悉的聲音。我今天也要整理院子，然後用昨天做的咖哩變化不同的菜色，再用網購的長野縣最好吃的蕨餅當點心，廣播中介紹說，配料的黑豆粉和黑糖蜜簡直絕讚。

照理說，這是完好無缺、完全不會受傷的一日之始。沒有任何需要擔心的事，但是想到他已經不在，就像黑白棋的棋子一下子全都翻了面，變成最糟糕的一天。遭到遺棄的絕望，讓我的心幾乎被撕碎，我無法平靜地度過今天。

「安安，安安。」

我像在祈禱般聲聲呼喚。小時候，我總是呼喚媽媽。痛苦的時候、疼痛的時候、寂寞的時候，我總是像在唸咒語般呼喚著「媽媽」。那時候，媽媽比神明、比菩薩更加崇高。從什麼時候開始，我不再呼喚媽媽，而是叫著安安的名字？我常常陷入錯覺，好像我從懂事的時候開始，就一直呼喚安安的名字。我卻因為自己，失去了內心祈禱、心靈寄託的對象。

「安安，安安。」

真希望可以只要靠回憶，就可以活下去。據說有人把只說一次的話變成永恆的鑽石，然後抱著這顆鑽石活下去。我希望自己可以這樣。我發自內心希望可以把和安安共度的日子裝飾自己，繼續活下去，但我不夠高潔，無法變成鑽石。我只是一個活生生的、愚笨軟弱的凡人，而且犯下不可抹去的罪行。

連續呼喚他幾次後，聲音漸漸帶著哭腔。每當無法傳達的祈禱落在舌尖，身體就開始麻木，無法呼吸。當我回過神時，發現自己仰躺著放聲大哭。

不知道哭了多久，頭痛欲裂，臉上滿是淚水和鼻水時，聽到玄關的拉門發出咚咚的敲門聲。我擦擦眼淚，決定假裝不在家。片刻之後，再度傳來敲門聲。帶著一絲顧慮的敲門聲，我立刻猜到來者是誰。我站起身，衝去玄關。

我用力打開拉門。我猜對了，果然是那名少年站在門口。

「我就知道，果然是你。」

我想要笑，卻笑不出來。少年看到我滿是眼淚鼻涕的臉頰抽搐，驚訝地張著嘴，他手足無措，不停地摸著自己肚子周圍。他一定在擔心我腹部的傷痕。

「對不起，你一定嚇到了，但是我沒事，只是哭了一下，好像我每次哭的時候都遇到你。」

我用雙手胡亂擦著臉，努力笑笑。我以為比剛才像樣些，但似乎並沒有太大的差異。少年臉色發白，一臉擔心地指著我的腹部。

「不，我並沒有肚子痛，要怎麼說呢？只是很難過、很痛苦，不，也不是這樣。嗯，到底是為什麼呢……害怕。嗯，沒錯，就是害怕。」

我很害怕。

少年可能以為我在害怕什麼，不安地向周圍和我身後張望。

「不是不是，不是你想的那樣，該怎麼說，就像是被遺棄，迷路時的感覺……我這樣說，你也聽不懂吧，對不起。」

先不說這些，你來找我有事嗎？我問。少年仍然擔心地皺著眉頭，拉了拉自己的衣服。他今天穿了一件皺巴巴的白色T恤，仔細一看，是一件男士汗衫。他雙手抓著汗衫的衣襬，拉長給我看。

「什麼什麼？啊，你該不會是為了那件T恤？就是我幫你脫下的那件？」

抓著衣襬，努力向我說明的少年連續點了好幾次頭。

「你等一下。」

我走進屋內，拿著T恤回到玄關，少年明顯鬆了一口氣。我把T恤交還給他，他顯得很高興，但又隨即皺起眉頭。

「啊，我是不是不該多事？」

那件T恤實在太臭了，於是我洗乾淨了。少年面露愁容，低頭看著我折好的T恤。我原本以為只是洗一下，應該不會有問題，但他也許會因此挨罵。我闖了大禍。

「對不起，我太多管閒事了。」

我慌忙對他說，他搖搖頭，然後鞠躬準備離去。我抓住他的手臂。

「呃，上次那樣勉強你，真對不起，你要不要吃了點心再走？我網購了蕨餅，聽說超好吃。」

他為難地搖搖頭。

「你不喜歡甜食嗎？那洋芋片呢？我有五種不同的口味。」

他再次搖搖頭，看著他拚命拒絕的樣子，我不禁對他說：

「對不起，對不起，其實我希望你陪我一下，我現在寂寞得快死了。」

說完這句話，新的淚水再度滑落臉頰。我抓著他纖細手臂的手再次用力。

「只要一下子就好，你陪陪我，拜託。」

我竟然拜託小孩子，但是我希望有人陪伴在我身旁，哪怕是動物也好，我想要感受生命的溫度。

我察覺他繃緊的身體慢慢放鬆。我吸吸鼻子，用另一隻手擦擦臉。當我看向他時，發現他向我靠近一步，探頭看著我的臉。像玻璃工藝品般的淺色眼眸注視著我，微微晃動。

我對著他無聲的溫柔說聲：「謝謝。」

不知道是否上次的事讓他心生警戒，他不想進去屋內，於是我把平時用的小矮桌放在簷廊上，一起坐在小矮桌旁吃咖哩。

「你吃過早餐嗎？我也有咖哩。」我的話音剛落，就聽到他肚子發出咕嚕的聲音。我對漲紅了臉，手足無措的少年說：「我還沒吃早餐，我們一起吃咖哩。」咖哩有點辣，原本還有點擔心，但他吃得津津有味。

陽光還很柔和，微風吹來，有一種野餐的感覺。前一刻激動的情緒在微風的撫慰下慢慢平靜。很慶幸他來陪我。

「好吃嗎？」

我問他。他瞥了一眼我哭得太久而變腫的臉，用力點點頭。他一眨眼的工夫就吃完了，我問他要不要再吃一碗，他靦腆地點頭。

「你多吃點，這裡只有我一個人，原本打算把剩下的咖哩放進冷凍庫。」

我把咖哩送進嘴裡的同時觀察著他。雖然村中說他無法和他人溝通，還說他會大吵大鬧，但我完全沒有這種感覺。不僅沒有這種感覺，他看起來根本就像兔子或是小鳥之類弱小的動物。他仰著頭，露出細瘦的喉嚨喝完水後吐了一口氣。他的臉頰有一抹淡淡的紅暈，心滿意足地瞇起眼睛。即使已經知道他是男生，仍然覺得像少女般柔軟。

「飯後甜點想吃什麼？吃完辣的要不要來點甜食？我剛才提過，家裡有蕨餅，廣播裡介紹說，這款蕨餅超好吃，於是我就上網訂了。這個時代真是太方便了，無論在哪裡，都可以買到任何東西。不瞞你說，這裡生活真的很不便，所以我上次買了平板電腦。雖然我不需要電視和手機，但還是得用網路。」

我在說話的同時，已經準備好蕨餅，把加了滿滿豆粉和黑糖蜜的蕨餅放在少年面前，他雙眼一亮，隨即露出疑問的眼神看著我，我對他說：「快吃吧。」少年先是遲疑，但馬上忍不住大口猛吃。不知道是否被豆粉嗆到了，他急忙拿起杯子喝水。看到他的食慾如此旺盛，我才想到他可能沒吃早餐。他完全不像是吃過的樣子。我抬頭看向時鐘，時鐘指向八點多。照理說應該是做完廣播操，已經吃完早餐的時間……這時，我突然想到一件事，忍不住「啊」了一聲，少年看著我，微微側著頭，我笑了笑說：「沒事。」

對了，品城老伯是他的外祖父，不能排除對他家暴的可能性，品城老伯告訴別人，少年不喜歡洗澡、換衣服，大人很難管教他，會不會是為了掩飾他身上瘀青所說的謊言……

不祥的感覺貫穿背脊。果真如此的話，這個無法開口說話的孩子無法向任何人求助，而且這一帶的人都認為品城老伯人格高尚，即使少年表示自己被家暴，可能也不會有人相信。

少年突然停下手，東張西望起來。他似乎聽到停在院子裡的鳥鳴聲。我看著他在陽光下瞇眼仰望天空的臉，想起村中之前說，他喜歡聽不知道是蟲鳴還是鳥叫聲。

「你喜歡鳥嗎？」

我問。少年輕輕點頭。我已經吃完了，於是去拿平板電腦，點開影片網站，播放了黃鶯唱歌的影片，他驚訝地探頭張望。他目不轉睛看著黃鶯在樹枝上高聲歡唱的樣子純真無邪，照理說，這個年紀的小孩子對平板電腦並不陌生，但他好像第一次看到。

「你可以慢慢看，這段影片結束之後，點一下這裡，就可以看其他影片。」

少年連續點了好幾次頭，立刻迷上平板電腦。即使我跟他說話，他也完全沒有反應。我不時教他想要重看一遍，或是調節音量時的操作方法，一個小時後，他已經能夠運用自如。

「你好厲害。」

我在驚訝小孩子的吸收力如此驚人的同時，忍不住懷疑他是否真的有障礙。除了他沒有開口說話以外，完全不覺得有任何問題。當然，因為我和他沒有深入接觸，無法瞭解真正的情況，但我沒來由地確信這個孩子很正常，他一定是基於某種理由不說話而已。

少年把平板電腦遞到我面前，他似乎不小心點到廣告。他動著嘴巴，似乎想要說話，但完全沒有聲音。

「喔喔，這種時候只要點這裡，還有……」

我接過平板電腦操作著，他清澈的雙眸注視著我的手。我瞥了他一眼。

他身上有和我相同的氣味。那是沒有父母關愛的孤獨氣味，我認為這就是奪走了他語言的原因。

這種氣味很棘手，無論再怎麼仔細清洗都洗不掉。孤獨的氣味不是滲進皮膚或是肌肉，而是滲進內心。如果有人說消除了這種氣味，就代表這個人已經變得充實。如同墨水滴進大海就會被稀釋，只要內心的水像大海一樣遼闊而豐沛，滲入內心的孤獨就會遭到稀釋，聞不到任何氣味。這樣的人很幸福，但是也有人對不時搔著鼻腔的氣味感到厭倦，只能抱著混濁的水過日子。就像我一樣。

平板電腦再度響起鳥鳴聲，少年的神色也變得開朗。我看著他的臉，很希望能夠淡化他的氣味，但又同時覺得我這種人沒有能力做到。我連自己都照顧不了，怎麼可能有能力淡化他的氣味？妳只是太寂寞，所以想養一隻貓而已。另一個我在嘲笑我。

我注視著少年的臉，感到離我很遙遠。

那天之後，他每天都來我家。和我一起在簷廊上吃點心，有時候一起吃飯，他對平板電腦愛不釋手，除了鳥鳴聲以外，他似乎還喜歡聽野獸的叫聲。他看影片時很專心，我忍不住佩服他竟然能夠如此全神貫注。

幾天之後的某一天，我想要叫他，才發現還沒有問過他的名字。

「我真是太大意了，你聽我說，我不能一直用『喂』或是『你』來叫你，可以告訴我你叫什麼名字嗎？我叫豆粉（Kinako），其實我的名字叫貴瑚（Kiko），但朋友幫我取了豆粉這個綽號，是不是很可愛？」

我撿起院子地上的小木棒，在地上寫下『貴瑚』兩個字，然後在旁邊標上了『Kiko』的讀音。少年認得字，只是不知道他認得多少字，因為我看到他在平板電腦上輸入了獅子、布穀鳥等等。

「你叫我豆粉，接下來換你告訴我名字了。給你。」

我把小木棒交給他，看著他的臉。他拿著小木棒動也不動，想了一下後，緩緩寫下「蛆蟲」兩個字。

這是怎麼回事？我倒吸一口氣，看著少年，無法從他的眼中讀到任何感情。

那天之後，他沒有再穿我幫他洗過的那件T恤，他差不多每隔三天換一次衣服，都是大人的舊汗衫。他可能會稍微洗一下頭髮和身體，有時候身上會臭，有時候不會。他絕對不讓別人碰他的身體，所以我沒有確認，但我相信他身上仍然有瘀青——他持續被家暴。雖然他努力想要遮住，但他身上的確有遮不住的虐待痕跡。

「呃，嗯，所以你的名字是叫菊宗之類嗎？」

會不會像別人叫我「豆粉」一樣，那是他的綽號？我在問話的同時，認為不可能。即使我絞盡腦汁，也找不到任何善意的理由。果然不出所料，少年搖搖頭，一臉無趣地丟下小木棒，再度拿起平板電腦。看著他怔怔看影片的樣子，焦躁在我的內心持續膨脹。我必須趕快和他成為朋友，讓他願意把他的狀況告訴我。

我在院子裡晾衣服時，突然聽到熟悉的聲音。轉頭一看，發現是平板電腦發出的聲音。他在挑選影片時，終於挑到那種動物了嗎？

「那個……」

坐在緣廊上聽著聲音的少年——我當然不可能叫他蛆蟲——發現我一臉驚訝，指著平板電腦。

「啊……呃，你竟然可以找到，我經常聽這個聲音。」

少年指著平板電腦，側著頭看向我。他應該不知道那是什麼動物的聲音。我把晾到一半的浴巾放回洗衣籃，在少年身旁坐下。

影片中，氣泡在昏暗的水中緩緩上升，深邃的聲音在水中產生迴音。聽起來既像是飽滿的呼吸聲，又像在哼歌，也像是溫柔的呼喚。

「這是鯨魚的歌聲。」

少年微微挑起眉毛。

「是不是很驚訝？鯨魚在大海中用唱歌來呼朋引伴。」

少年發出感嘆的嘆息聲，注視著眼前的海洋。我和他一起注視著那片海洋。

「是不是很厲害？在那麼遼闊的深海中，可以把聲音傳達給其他同伴。牠們一定可以對話，不知道發出這個聲音的鯨魚在說什麼？」

我希望是稀鬆平常的內容。今晚的月亮很明亮。這裡的大海很乾淨，很舒服。好久沒見面了，我想見你。真希望在大海深處，交流著這樣的對話。

「不知道在水中聽到對方的聲音是怎樣的感覺，我覺得好像對方的思念包圍了我的全身。」

我用全身接受對我的感情，用全身傾聽，必定讓人心曠神怡。

「無論在相隔多麼遙遠的地方，都可以感受到對自己的思念是不是很厲害？但是，有些鯨魚無法得到這種幸福……」

我還沒說完，少年就站起身。抬頭一看，發現他不悅地皺著眉頭、撇著嘴唇。我還來不及問他怎麼了，他便逃也似地離開了。

「故事還沒開始呢。」

我打算在他對鯨魚的聲音產生興趣時告訴他，我覺得他應該能夠理解我為什麼要聽鯨魚的聲音。

「不知道他會不會再來找我。」

我嘀咕著。

✦

我上網買了一輛腳踏車。一方面是發現自己運動不足，另一方面是想擴大行動範園。有了腳踏車，只要加把勁，就可以去永旺超市，只不過我沒有想到，原來網路商店在鄉下地方，才發揮出它的真正價值。我無法只靠近藤商店過日子，如果想在那裡的貨架上看到西西里葡萄酒和比利時啤酒，恐怕會等到天荒地老。

收到腳踏車後，我立刻騎上剛送到的腳踏車去兜風，沿著坡道一路滑下去，然後踩著踏板，一路騎向從來沒有去過的魚市場方向。經過一片生鏽鐵捲門已經拉下的房子，猜想那裡以前可能是商店。看起來像是公園的地方，雜草已經長到齊腰的高度，油漆剝落的球形攀爬架和滑梯寂寞地佇立在那裡。

「外婆竟然能夠在這種地方生活。」

我小聲自言自語。外婆一直在東京當藝妓，生活很奢華。聽媽媽說，外婆僱了傭人，在教育指導後進之餘，有時去淺草，有時去觀劇，過著優雅的生活。聽說在我三歲時，外婆搬來這裡，當時她大約六十歲左右。在那樣的年紀，竟然還冒險離開生活多年的地方，而且獨自一人移居到這種窮鄉僻壤的小城鎮，就連沒有享受過什麼好日子的我，也覺得這裡很不方便。

『她是個死要面子的人。』

媽媽曾經冷笑著這麼說。捨得在她身上砸錢的恩客拋棄了她，無法再繼續過以前那種奢華的生活。但她死愛面子，不想被知道她風光時代的人恥笑，所以就逃去沒有人認識她的鄉下地方。真是太傻了。她晚年孤獨是命中註定，當別人情婦，就只能是這樣的結局。

『她是真正的藝妓。』

外婆去世時，繼父如此評價她。外婆在我六歲的時候，因主動脈剝離猝死。她在練長歌時突然感到不舒服，雖然緊急送往醫院，仍然無法救回一命。向來討厭外婆的媽媽曾經揚言，就算外婆病倒，她也不會照顧外婆，但最後完全不需要她照顧。外婆留下了辦完葬禮後還有剩的存款，繼父得知後，如此說道：『想到她是我的家人，就覺得厭惡至極，家中竟然有人當別人的情婦，簡直太丟臉了，但是我尊敬她的生活方式。她之前就是以瀟灑出名的名藝妓，自始至終維持住自己的形象，直到最後都很有風骨，至少這一點值得肯定。』

對我來說，外婆只是親切溫暖的人，不會擺架子，不會傲慢，總是露出溫和的笑容，就像在庭院角落靜靜綻放的龍膽草般美麗動人，他們口中的外婆和我內心的外婆並不是同一個人。

他們並不知道外婆為什麼會選擇移居到這裡。外婆在這裡無親無故，也沒有可以依靠的人。這裡沒有任何特別的事物，只是鄉下的小漁港。外婆在這裡追求什麼？又過著怎樣的生活？

我怔怔地想著這些事，踩著踏板來到縣道。我東張西望，思考著接下來要去哪裡，聽到有人叫我：「三島小姐。」我拉起戴在頭上的棒球帽帽簷，看向聲音傳來的方向，發現村中從廂型車的車窗探出身體，正在向我揮手。

「妳怎麼會在這裡？」

「我買了腳踏車，出來試騎。」

「喔，這樣啊，妳吃飯沒？我正要去吃午飯。」

聽他這麼一說，我看著手錶，發現快下午一點了。

「要不要一起去？我帶妳去一家很好吃的定食屋。」

我想了一下，已經很久沒有在外面吃飯。既然買了腳踏車，那就去看看那家定食屋。

「好，那就去吧。」

村中頓時露出欣喜的表情。

跟著村中的車子騎了幾分鐘，來到一家小店。藍底白字的布簾上寫著『吉屋飯莊』，正打算打開毛玻璃的拉門，一群身穿工作服的大叔從裡面走出來。走進店內，發現比想像中更寬敞，有四張四人坐的餐桌，還有四個榻榻米的座位。剛才那幾個大叔可能坐在榻榻米的座位，每一張桌子都還沒有整理。兩名身穿圍裙的女人正忙著收拾餐桌。

我和村中面對面在窗邊的餐桌旁坐下，打開菜單。有咖哩、炸豬排飯、什錦湯麵、炸雞塊，定食的品項有很多選擇，單點菜色的種類很豐富，感覺是晚上可以來喝酒的大眾食堂。

「對了，健太呢？」

「他這一陣子迷上了永旺超市對面新開的牛丼店店員。」

村中聳聳肩說。據說健太很專一，決定每天中午都要去那家牛丼店吃午餐。村中想要聲援下屬的戀愛，陪他一起去吃，但終於吃膩了，今天決定分頭行動。

「先不說這些，這裡最推的就是雞肉天婦羅定食。」

村中指著附了一張大大照片的定食，上面用紅色的字寫著『本店最受歡迎』幾個字。一問之下才知道，雞肉天婦羅是這一帶的傳統美食，村中家所有人都很愛這家吉屋，而且每次來都只點雞肉天婦羅定食。

「那我也要點這個。不好意思。」

女店員聽到我的叫聲，立刻走過來。我點了兩份雞肉天婦羅定食，村中突然「咦？」了一聲。

「妳是琴美吧？」

聽到這個名字，我大吃一驚，看到女店員的臉，我瞪大眼睛。繫著牛仔布圍裙，頭上綁著白色三角巾的女人，五官和那名少年很神似。

「啊，你是村中……」

她很瘦，身材像少女。她靦腆一笑，抓著臉頰的動作仍然帶著孩子氣，但她的臉看起來很蒼老，完全不像是村中的同學，有一種美麗的鮮花中毒之後枯萎的感覺，讓人看了於心不忍。

她就是那個少年的母親……

「我們有超過十年沒見面了吧？沒想到你竟然還記得我。」

「當然啊……從小學就認識妳了，但是妳好像和以前不太一樣了，妳變了很多。」

村中斟酌著該如何表達，琴美笑著對他說：「女大十八變嘛。」

「不，那個……也、對啦，嗯。」

「呵呵，村中，你還是這麼純情，太可愛了。呃，你們點了兩份雞肉天婦羅定食，請稍候。」

琴美微微側著頭，微微一笑——做出這個很像偶像一樣的動作說完，走進了廚房，隨即聽到傳來「小琴，妳可以休息了」、「好」的對話聲。

「……她應該、吃了不少苦。」

村中目送著琴美的背影遠去，落寞地嘀咕著，然後對我說：「她在中學時代，是全校第一的美少女。她那時候超可愛，是大家心目中的偶像，我有好幾個同學都向她告白，但都被拒絕。琴美後來考上這一帶一所難考的高中——我腦袋不好，只進了塾底的學校。雖然我們讀不同的高中，但經常聽到她的消息。聽說她從高中輟學，離開這裡時，大家都熱烈討論，覺得她一定被哪一家藝人的經紀公司相中了，沒想到變成這樣，真令人難過。」

村中露出了凝望遠方的眼神，可能看到了當年還是美少女的琴美。

「琴美是怎樣的性格？」

「有點被寵壞了，她那麼漂亮，不管她怎麼對別人，別人都會原諒她。與其說是偶像，更像是公主。」

「是喔。」我隨口附和。這個人現在叫自己的兒子『蛆蟲』，讓兒子衣衫不整，還會暴力相向，搞不好甚至連三餐都有一頓沒一頓。

如果我把這些事告訴村中，他會相信嗎？會設法解決這件事嗎？雖然我想說出來看看，但還是沒有開口。告訴村中之後，搞不好反而會對那個少年不利。

我曾經因為不負責任的善意吃了悶虧。小學四年級時的班導師是一個女老師，她發現我的制服從來沒有熨燙，於是為這件事提醒我媽媽。『我知道還要照顧另一個更小的孩子很辛苦，但只要稍微多費一點心，就可以減少貴瑚覺得自己被冷落的感覺。妳可以用實際行動告訴貴瑚，媽媽很愛她。』

那是寒假前，媽媽去學校進行三方面談時發生的事。班導師自以為是地說了這番話後，媽媽溫順地鞠躬說：『不好意思，是我的疏忽，實在太丟臉了。』但我看到媽媽的表情在瞬間凍結。果然不出所料，媽媽怒不可遏，一進家門，就對我拳打腳踢。我倒在地上，她一把抓起我的頭髮，面目猙獰地對我咆哮：

『那個女人憑什麼高高在上地指導我？是不是妳對那個女人說了什麼！？』

我當然從來沒有對任何人提過家裡的事。我不想告訴任何人，父母溺愛弟弟，把我這個拖油瓶視為討厭鬼，更重要的是，我不想承認這個事實。我現在知道，那個老師應該發現我的服裝完全沒有整理，所以委婉地用『幫她熨燙制服』的方式提醒我媽，她可能自認為用出色的方式提醒了過度關愛弟弟的父母，問題是，事情並不是她想像的那麼簡單。

媽媽在玄關痛揍我一頓，但她的怒氣並沒有消除。寒假開始後，就不讓我正常吃飯。每天只能吃一餐，只有晚餐可以吃一碗加了香鬆的白飯，而且必須獨自在客人用的廁所內吃飯。媽媽說，我讓她在外面丟臉，這是對我的處罰。我在冰冷狹小的空間內，感受著遠處傳來熱騰騰的魚和肉的香味，聽著家人的笑聲吃下的白飯味同嚼蠟。但是我快餓昏了，無可奈何之下，只能哭著把飯塞進嘴裡。那一年的聖誕節、除夕和新年，我都缺席。聖誕節的深夜，我餓得實在受不了，打開垃圾桶，看到真樹吃剩的炸雞、壽司和蛋糕。翻糖聖誕老人的身上沾滿了鮮奶油，我毫不猶豫地塞進嘴裡，沾到鮮奶油變軟的聖誕老人很甜，也有一股魚腥味。

「三島小姐，妳在發什麼呆？」

聽到村中的聲音，我忍不住一驚。「沒事。」我對他說。都是一些痛苦的回憶，沒有絲毫樂趣可言。

不一會兒，店員就送來雞肉天婦羅定食。我原本以為是炸雞塊，看到裹著蓬鬆麵衣的雞肉天婦羅有點驚訝。我說這是我第一次吃，村中推薦我沾柑橘醋醬吃。

「妳把這種柑橘醋醬倒在這個小碟子裡，如果妳喜歡吃辣，可以加柚子胡椒，只沾鹽就很好吃。」

我聽從村中的建議，沾了一點柑橘醋醬後放進嘴裡。雞肉的油脂在嘴裡擴散，但柑橘醋醬讓口感變得很清爽。「好吃。」我小聲說，村中開心地笑了。

「這裡的人都有各自喜歡的雞肉天婦羅餐廳，但也有很多人說自己做的最好吃。」

這家店的雞肉天婦羅麵衣有點像西式的油炸餡餅。我喜歡吃麵衣又薄又脆的天婦羅，問他有沒有這種餐廳，村中推薦了好幾家。

「至於其他值得推薦的店，嗯，女生應該喜歡吃甜食，有一家店的最大賣點就是加了滿滿鮮奶油的泡芙……」

「啊，那不用了，我不吃鮮奶油。」

自從那個聖誕節夜晚之後，我就無法再吃翻糖點心和鮮奶油了。

「所以妳愛喝酒？那有一家叫『琉球』的店是賣這一帶的傳統美食，當下酒菜超讚。」

我聽著村中介紹附近好吃的餐廳，吃完午餐，然後在店門口和他道別。他說要去牛丼店接健太，我想目送他離開，沒想到他遲遲沒有把車子開出去，反而打開窗戶說：

「我問妳，如果我想和妳當朋友，妳會排斥嗎？」

「啊？」我脫口反問。他低下頭，吞吞吐吐地說：「要怎麼說，我想和妳當朋友……」然後又抬起頭，一口氣對我說：「唉，我很不會說話，那我就直說了，我想拉近和妳之間的距離。我很在意妳，但並不是要求妳馬上和我交往，先當朋友就好，所以希望妳不要有太大壓力，可以考慮看看。」

我被他的氣勢嚇到，注視著他。他直視我的雙眼中沒有絲毫的猶豫，我想他應該是一個表裡如一的人，但內心有另一個自己在呢喃，可能並不是像妳想的那樣。他只是對外來的女人感到好奇，所以才會這麼說，更何況妳根本不可以接受這種感情，否則又會對別人造成傷害。

「……你可以偶爾來家裡玩，我們可以一起吃冰棒。」我在說話的同時，覺得這樣說清楚了，應該不會有問題。「那我下次會再買很多冰棒去找妳。」村中說完後離去，我目送他遠去後騎上腳踏車，打算繞遠路回家，順便幫助一下消化。

騎著腳踏車繞到定食屋後方，看到琴美坐在後院的椅子上。她怔怔地抽菸仰望天空的樣子看起來很疲憊。她完全沒有發現我從她身旁經過，她的雙眼完全看不到任何東西。

她到底是怎樣的人？對那個少年來說，她又是怎樣的母親？我踩著踏板思考著。我又該怎麼辦？遇到這種情況時，怎麼做才正確？

在新學期開學的前一天，三餐不繼的日子才終於結束。我在筆記本上寫了一整本『不會在外面讓人擔心』，媽媽才終於原諒我。我鬆了一口氣，在吃飯時忍不住哭了出來，繼父和媽媽對我說：『如果妳不傷害媽媽，我們就不會那麼嚴格管教妳。妳雖然很痛苦，但媽媽和妳一樣難過，所以以後不能再讓媽媽丟臉了。』他們語氣平靜，好像在教導我，還溫柔地撫摸著我的頭。但是他們的眼睛沒有笑，我一次又一次點頭說：『我在外面絕對不會讓別人擔心。』那只是我寫在筆記本上的話，我完全不知道具體該怎麼做，也不知道不能做什麼。只知道下次再發生同樣的事，一定會有更嚴厲的懲罰在等待我。我絞盡腦汁思考，在內心發誓，至少要保持儀容整潔。

那天之後，我每天洗自己的衣服，然後仔細熨燙。雖然尺寸不合、數量不足（因為父母都不願意幫我買）的問題無法解決，但那個女老師並沒有觀察得這麼仔細，她更沒有發現我比寒假之前瘦了，看到我熨燙得筆挺的襯衫後，笑著對我說：『太好了，媽媽很關心妳，她很愛貴瑚妳，就像愛弟弟一樣，妳現在終於知道了吧！』

我很想對她根本搞不清楚狀況的笑臉吐口水，妳不經大腦思考說的那些話，差點害死我。妳一定無法想像有魚腥味的聖誕老人有多悲哀。我同時告訴自己，不可以相信她，一旦她認為我很可憐，我又會再次吃苦。再也不能讓她或是別人可憐我。那次之後，我隨時對所有大人心懷警戒。

汗水順著太陽穴流下，盛夏午後的陽光太強烈，我出門前擦的防曬乳液都已被汗水帶走。我把腳踏車停在不知道有沒有在營業的商店門口，從斜背包中拿出寶特瓶裝的茶。喝下幾口變溫的茶，吐了一口氣。抬頭看向天空，發現有一片積雨雲。我拿下棒球帽，用帽子在臉前搧著風。

未經思考的善意很可能只會把他害得更慘，必須避免這種情況發生，但是，到底該怎麼做才好呢？更何況我並沒有聽那個孩子親口說明情況，我甚至不知道他希望我怎麼做。

「更何況現在見不到他。」

他已經有好幾天沒來我家。雖然我很想告訴他，那天還沒說完的話，但他可能不會再來我家了。

「我剛才是不是應該告訴她，我想和她的兒子當朋友？」

我嘀咕著自己根本做不到的事，忍不住笑了起來。安安在這方面很厲害，第一次見到我之後，只花了短短幾天的時間，就把我從老家營救出來。當他對我媽媽說『阿姨，請妳閉上那張聒噪的嘴巴』時，我以為自己在做夢。我很希望自己可以像安安一樣，但是我缺乏他的溫柔，沒有他的堅強，未必能夠成功，更何況安安當初能夠那麼強勢，也是因為我已經成年了。

鳥兒在積雨雲中飛舞，不知道是不是乘著風，在天空中優雅地畫著圓。我看著鳥兒，不禁問安安：安安，如果是你，你會怎麼做？什麼是最好的方法呢？

我又喝了一口茶，再度騎上腳踏車回家。

幾天之後的某個晚上，我正準備上床睡覺，聽到玄關傳來咚咚的敲門聲。我全身緊張起來，回想著是否鎖好門。這時，又聽到了敲門聲。我恍然大悟，我知道這個聲音。但是，為什麼這麼晚？

我跳下床，走向玄關，打開戶外的燈問：「呃……是你，對嗎？」果然需要名字才行。我這麼想著，聽到外面有人又敲了一次門，似乎在回答我。

我深呼吸後，打開門鎖並拉開門。少年果然站在門外。雖然我已經做好心理準備，但看到他的樣子，仍然輕輕驚叫出聲。他的頭上流著血。

「啊、怎麼、受傷了！？呃，救護車……啊，平板手機可以打電話嗎？」

我的雙腳發抖，腦袋一片混亂。少年看到我驚慌失措，用手掌摸摸臉頰上的血，然後伸到我面前。我聞到酸酸甜甜的味道，才終於回過神。

「啊、呃……番……茄醬？」

少年點點頭。原來那不是血，而是番茄醬淋在他頭上。

「啊，我心臟差點停止……」

我按著心跳加速，幾乎快爆炸的心臟，靠在拉門上。只要稍不留神，就會直接癱坐在地上。我調整著急促的呼吸看著他，他彷彿快哭出來似的站在那裡。我對著他不安的臉擠出笑容。他來投靠我，我不能六神無主。

「謝謝你想到我。」

少年聽了這句話，淚水在眼眶中打轉。我發現他在微微發抖，好像隨時會放聲大哭，但是他抿著嘴唇忍住。

「呃，你先去洗澡，我的衣服借你穿。」

我抓住他握拳的手，拉了他一下，他順從地走進家門。

我聽著他在浴室沖澡的聲音，為他準備T恤和短褲。他穿了好幾天的舊汗衫和牛仔褲都濺到番茄醬，我丟進洗衣機裡。一身番茄醬的少年半夜在街上遊蕩，一定會變成一起獵奇事件。幸好他來這裡的路上沒有被任何人看到，不，如果有人看到，然後去報警的話，會不會更好？

「我把衣服放在這裡。」

我告訴他之後，回到客廳。一看時鐘，已經迎接了新的一天。他吃飯了嗎？是不是該在他吃飽之後報警？雖然不知道到底發生什麼事，但琴美可能在找他。我正在思忖這些事，少年慢慢走到我身旁。

「喔，變乾淨了。」

也許是因為我再三叮嚀他要用洗髮精和沐浴乳，完全不必客氣，他整個人看起來很清爽。他的長瀏海往後梳，露出的臉的確很像琴美，而且很漂亮。我完全相信琴美以前是全校最漂亮的美少女。

但是，T恤袖子下的手臂很細，想到他身上應該還有瘀青，內心隱隱作痛。

「啊，對了，你吃飯了沒？雖然家裡只有泡麵，你要吃嗎？」

這種狀況下，最好端出親手做的熱騰騰料理，但今天冰箱裡剛好什麼都沒有，我晚餐只吃了冷凍庫內剩下的最後一包冷凍烏龍麵。少年搖搖頭。

「那要不要吃冰棒？」我問，他考慮一下後點頭。

「我有很多冰棒，你過來看，可以自己挑想吃的。」

村中前幾天立刻又拎了一大袋冰棒上門。上次的還沒吃完，我說吃不了那麼多，村中說：「冰棒沒有賞味期限。」硬是塞到我手上，然後又害羞地補充說：「我還會再來，不要把我的份吃完了。」我知道村中對我有好感，但他看人太沒眼光了，難道他忘了我曾經打過他一巴掌嗎？

少年看看冰箱裡的冰棒後，選了香草威化冰淇淋。我選了草莓威化冰淇淋，然後我們不約而同來到緣廊。雞蛋色的月亮在萬里無雲的夜空中發出柔和的光芒，今晚是明亮的月夜，柔和的風吹來，白天的酷熱不知道躲去哪裡。

「幸好有月亮，你走來這裡不至於太辛苦。」

我對坐在身旁的少年說，他不知所措地低下頭。我催著他趕快吃冰淇淋，他才慢吞吞開始吃。坐在他旁邊的我也咬著威化冰淇淋。

寧靜的夜晚。我覺得豎起耳朵，或許可以聽到遠處海浪打到海岸的聲音。

呼、呼。我聽到聲音，轉頭看向身旁，發現少年邊吃威化冰淇淋邊開始哭。他把威化冰淇淋塞在嘴裡，靜靜地流著淚。即使這種時候，他也要壓抑自己的聲音嗎？他察覺了我的視線，慌忙擦著眼淚，把頭轉到一旁。

我沒有說話，繼續吃著自己的威化冰淇淋，抬頭看著月亮，豎耳靜聽海浪的聲音。吃完之後，把放在臥室桌子上的MP3播放器拿來。他吃完威化冰淇淋後，坐在那裡發呆，看到我手上的MP3，微微偏著頭。

「每當我寂寞得快死的時候，都會聽這個聲音。」

我上次想和他分享這個聲音，結果他逃走了。

我把單側耳機遞給他，把另一個塞進自己的耳朵，按下播放鍵後，聲音立刻傳出來。他看著我，動動嘴巴，好像想要說什麼。

「對，沒錯，就是鯨魚的聲音，但和上次聽到的鯨魚聲音不一樣。」

宛如在遠方呼喚，又像是漸漸遠去的聲音，彷彿可以傳到世界的盡頭。

「這尾鯨魚的聲音無法傳達給任何同伴。」

少年微微瞪大眼睛，側著頭。

「和普通的鯨魚相比，牠的歌聲比較高——正確地說，是頻率，牠的聲音頻率和其他鯨魚完全不一樣。鯨魚有很多不同的種類，歌聲的頻率都在十到三十九赫茲之間，但是這尾鯨魚的歌聲是五十二赫茲。因為音頻太高了，其他鯨魚聽不到牠的聲音。我們現在聽到的聲音，也是為了能夠讓人類聽到而提升了頻率，聽說實際的聲音會更低一些。」

五十二赫茲的鯨魚，被稱為是世界上最孤獨的鯨魚，雖然牠的聲音迴盪在遼闊的大海中，卻沒有任何同伴能夠接收到牠的聲音。雖然已經知道世界上有這尾鯨魚，持續發出沒有同伴能夠聽到的歌聲，但至今仍然沒有人見過牠的蹤影。

「牠和其他同伴的頻率不同，所以無法找到其他同伴。即使有一群鯨魚在離牠很近的地方，甚至在轉個身就可以碰到的位置，也會無法發現彼此，擦身而過。」

雖然有很多同伴，卻無法將歌聲傳達給同伴，又完全接收不到任何歌聲，簡直太孤獨了。

「此時此刻，牠也在某一片海洋中，等待著永遠接收不到的歌聲，然後不停地唱歌，想要把自己的聲音傳出去。」

那次寒假之後，爸媽經常以懲罰為名，把我關進客用廁所裡，而且時間越來越久，最後不僅要我在廁所內吃飯，還強迫我在廁所內生活。我抱著膝蓋坐在蓋上蓋子的馬桶上，苦苦等待廁所門打開的瞬間。牆外是我遙不可及的家庭團聚，我孤獨得快要發瘋，又哭又喊，門突然用力打開，我又被痛打一頓，關在廁所的時間又延長了。

漸漸地，我學會了放棄，學會茫然抬頭仰望著從小窗照進來的月光，靜靜地對著在相同的月光下，和我相同處境的人說話。世界上不會只有我一個人這麼孤獨寂寞，我的聲音一定可以傳遞出去。只要如此相信，我的心靈就得到一絲救贖。那時候的我，發出了五十二赫茲的聲音。

「嗚嗚。」

聽到聲音，我大吃一驚。轉頭一看，發現少年捂著塞了耳機的耳朵正在哭泣。他就像從緊咬的牙齒縫隙中擠出像呻吟般的哭聲，我輕輕撫摸著全身顫抖的少年後背。

「你可以哭出聲音，別擔心，只有我在這裡。」

我一次又一次撫摸著他完全沒肉的單薄背脊。他的牙齒打顫，身體發抖，但他仍然忍著不發出聲音。

「我一直在想怎麼叫你比較好，我沒辦法叫你蛆蟲，但是我剛才想到了。在你告訴我你真正的名字之前，我可以叫你『五十二』嗎？我會傾聽你無法傳達給任何人的五十二赫茲聲音，我隨時都會傾聽，所以你可以用你的方式跟我說話，我會照單全收。」

少年抖了一下，轉頭看著我。他反射了月光的雙眼很清澈，閃著淚光。我對著他那雙像美麗湖泊般的雙眼露出微笑。

「我以前也曾經發出五十二赫茲的聲音，雖然有很長一段時間無法傳達給任何人，但後來有一個人接收到了我的聲音。」

我為什麼當時不覺得他是我的靈魂伴侶呢？為什麼沒有發現那是命運的邂逅呢？直到他離開之後才發現這件事，未免太晚了。

「你可能有很多同伴，在這個世界的某個地方，可能有一群同伴。不，一定有，我會帶領你去找他們，就好像當年也曾經有人引領我。」

我無法聽到曾經傾聽我、幫助了我的那個人的聲音。如果我能夠傾聽他的聲音，用全身接收他的聲音，就不會有今天這樣的結局。

我想要對這個孩子所做的事，一定是為曾經錯過的聲音贖罪，努力想要抹去無法消失的罪惡感。但是，即使這樣也沒關係。即使只是他的替代品，即使不是出於純粹的想法，只要我有能力，我仍然想幫助這個孩子。

五十二仰頭望著天空，然後緩緩張開口，他發出比剛出生的嬰兒更虛幻、更無力的哭聲融化在夜空中。

3 一門之隔的世界

五年前，二十一歲的我從早到晚都忙著照顧繼父。在我高三那一年，繼父罹患了名為肌萎縮性脊髓側索硬化症——漸凍症這種難治之症，那是運動神經細胞會逐漸退化，導致肌肉漸漸無法活動的疾病，繼父的下半身最先出現症狀。他在出現無法穿拖鞋，經常絆倒，走樓梯很辛苦等症狀後就醫，花上半年的時間，才終於確診。在得知是無法治癒的難治之症時，不光是下半身，他的喉嚨也出現症狀，說話變得口齒不清。

繼父是本地一家小型貨運公司的老闆，有幾名員工和幾輛大貨車。他在外面很會做人，有很多客人，公司的經營很順利。旁人一定覺得我家很有錢。

但是，繼父病倒之後，狀況徹底改變。手下的員工得知老闆罹患不治之症，之後只能整天躺在床上，樹倒猢猻散般接連辭職求去。雖然繼父在外面很會做人，但在公司內，卻是專橫跋扈、唯我獨尊的老闆，完全沒有人同情他。沒有員工，當然就沒有人開貨車，一旦公司無法做生意，客戶就馬上去找其他公司了。

業務量急速減少，繼父慌了手腳，不顧媽媽的勸阻，拖著已經變得遲鈍的身體坐上貨車駕駛座，結果發生自撞意外。貨車報廢，繼父的右腿截肢。那是我高中畢業典禮的前一天。

原本已經決定畢業後，要去離都心不遠的食品公司任職，在工廠當事務員。那是一家全國知名企業，條件很優渥，只要付很低的租金，就可以住進公司的單身宿舍。得知我被錄取時，連向來對我漠不關心的媽媽也忍不住說：『還不錯嘛。』

但是，我沒有進入那家公司工作。醫生告訴媽媽，繼父的餘生都將臥病在床，媽媽要我扛起照護的責任。妳應該很清楚，爸爸有多麼照顧我們，因為有爸爸，我們才能夠擺脫貧窮的單親家庭。因為有爸爸，妳才能夠讀到高中畢業。我為了真樹，也必須把爸爸的公司撐起來，爸爸就由妳來照顧。

然後，我就開始了照護繼父的日子。

漸凍人症這種病，雖然身體無法自由活動，但腦袋很清楚。繼父失去右腳，漸漸失去自由，因此變得自暴自棄，對我的態度比之前更加尖酸刻薄。口渴、背很癢，感覺有蟲子飛進房間。他不分晝夜，用這種理由叫我，只要我動作稍微慢一點，他就罵我遲鈍、動作慢吞吞。自從他吩咐媽媽，為他準備了一根很長的榆木拐杖後，就經常用拐杖打我。

媽媽接手繼父的公司後，每天似乎都很忙，幸好公司的經營似乎漸漸上了軌道，我們不必賣房子，真樹還進了私立中學。繼父一提出要求，媽媽就立刻為他張羅了電動輪椅和電動床，繼父對媽媽感激不盡，甚至流下感激的淚水。即使打著燈籠，也找不到像妳這麼好的太太。媽媽帶著像女神般的溫柔微笑著，為繼父擦著眼淚說，家人就應該相互扶持。我在清理吸痰器時，注視著這一幕。

我就這樣過了三年。這三年期間，繼父的吞嚥功能每況愈下，需要有人餵食，而且由於無法自行排泄，得要為他把屎把尿。我疲於奔命，但繼父很不好相處，討厭外人介入，完全不願意接受看護人員照顧。

彷彿抱著一天比一天沉重的岩石過日子，如果不適時尋求其他人的協助，遲早會被壓垮。主治醫師和護理師一次又一次如此建議，但繼父堅持不聽取他們的意見。媽媽和繼父一樣，完全不願意接受，於是只能由我一個人繼續照顧繼父。即使在這種狀況下，繼父仍然每天口齒不清地罵我，用已經變得無力的手揮著拐杖。那段日子，我簡直就像身處一個沒有出口的洞窟，而且一天比一天更被拉進洞窟的深處。但是，這樣的日子仍然有一線光明，媽媽會心血來潮地給我好臉色。

『妳真的幫了大忙，謝謝妳。』

她撫摸著我的手，似乎在撫慰我，曾經只為我買了甜蛋糕回來。貴瑚，因為有妳，多虧有妳。媽媽的話和她的溫暖，讓我的腦袋麻木。相隔這麼多年，媽媽終於又需要我了。雖然我原本一直希望可以像以前一樣，和媽媽相依為命，也許可以藉由繼父生病，實現這個心願。接下來的生活一定會越來越好。

我揉著睡眠不足的雙眼，為繼父換尿布。媽媽讓真樹過著和繼父病倒前相同的生活，甚至不會要求他為繼父倒一杯水。繼父明明是真樹的親生父親，但他完全沒有因父親病倒感到任何不便。不知道是不是因為從小被寵壞的關係，還是天生的個性，他毫不擔心。我在洗繼父的髒衣服時，他曾經皺著眉頭說，不要和他的衣服放在一起洗。即使我對此表達不滿，也被媽媽溫柔的一句話化解了。

沒想到繼父因誤嚥性肺炎緊急住院，主治醫生始終面色凝重，淡淡地向媽媽和我說明情況。由於繼父的吞嚥功能明顯降低，又出現呼吸困難的情況，今後需要使用人工呼吸器，必須趕快接受氣管切開手術。醫生說，他發現繼父出現失智症狀，漸凍病人很容易併發失智症……雖然病人之前的病情惡化比較緩慢，但遺憾的是，最近突然迅速惡化。

媽媽放在腿上的手發著抖，醫生說的話顯然對她造成極大的打擊。我之前就發現繼父的狀況不對勁，向媽媽提了好幾次，但媽媽不相信我說的話，冷笑著對我說，他還不到六十歲，怎麼可能失智？

這種時候，我更必須堅強。我正打算握住媽媽的手，一記耳光已經打在我臉上。

「都怪妳沒有好好照顧爸爸！」

媽媽站起身，打了我一記耳光。我驚訝地抬頭看著她，她又甩了我一記耳光。

「是不是妳故意害爸爸病情惡化？故意在我面前表現得很用心在照顧，我就覺得有問題，妳這個惡魔！」

媽媽陷入錯亂，一邊打我，一邊哭喊著。好日子才剛開始，為什麼變成這樣？絕對是妳在搞鬼！妳這個惡魔總是破壞我的幸福。我對妳這麼好，妳這個忘恩負義的賤貨！醫生和護理師紛紛制止媽媽，對她說：「妳女兒很努力照顧爸爸，妳應該很清楚，病情惡化和她沒有關係，不要責備妳女兒，我們一起努力克服。」

「騙人，騙人！絕對就是她的錯，怎麼會是我老公生病？是她生病才好，她死了才好……」

媽媽像小孩子般泣不成聲，指著我大喊大叫。我看著她因憎恨而通紅的雙眼，終於明白什麼是絕望。靠著信念而活到今天的動力到底是什麼？我已經撐不下去了。我已經無能為力。唉，一切都無所謂，死了也無所謂。

我搖搖晃晃地走出醫院，失魂落魄地走在街上。穿著媽媽的舊衣服，挽起頭髮，因睡眠不足而皮膚乾澀，而且完全沒有化妝的女人跌跌撞撞地走在街上，路人紛紛移開視線，沒有人叫住我。也許，我已經死了，只是靈魂在街上遊蕩。如果是這樣，那就太好了，我不需要再承受死去時的疼痛和苦難。雖然一點都不好笑，但我忍不住笑了。我走在路上，一個人呵呵笑著。「貴瑚。」我似乎聽到有人叫我，我不經意地左顧右盼，和一個男人四目相接，接著，他身旁的女人開口。

「啊喲，妳是貴瑚吧！？妳怎麼了？」

高中三年的同班同學美晴大聲叫著抱住我。我和她在畢業之後就沒見過面。

「我完全聯絡不到妳，不知道妳在哪裡，最近好不好，我超擔心妳。妳到底怎麼了？」

美晴化著美美的妝，身上很香。美晴身後有好幾個陌生人，一臉驚訝地看著我們，其中也有女生，她們都穿著漂亮的衣服，每個人都閃閃發亮，簡直就像是生活在不同世界的人。我忍不住低頭打量自己，發現衣服下襬有一塊很大的污漬，很希望自己趕快消失。

「妳之前都去哪裡了？」

「我都在家裡。」

「騙人，我曾經打電話去妳家，阿姨說妳已經搬走了。」

我心如死灰。我對這種事並不感到意外，但都無所謂了。

「我要走了，美晴，拜拜。」

「等一下，妳要去哪裡？」

我想要掙脫美晴逃走，她立刻抓住我的手。

「不知道，但是……應該是去輕鬆的地方。」

我自認為這是很好的答案。沒錯，我要去一個可以輕鬆的地方。

「……這樣啊，這樣啊，所以妳接下來沒事，那我們去喝酒！」

美晴說完這句話，摟著我的肩膀，對手足無措的同行者說：

「你們看到了，我戲劇性地遇到失聯多年的朋友，不好意思，那我要先走一步。對了，我要和她一起去喝酒，有人要和我們一起去嗎？一起去吧。」

雖然還是下午，但美晴拉著我走進一家二十四小時營業的居酒屋。我無力抵抗，她讓我坐在她身旁，轉眼之間，大杯啤酒就出現在眼前。

「來，為我們重逢乾杯。」

雖然是白天，但座無虛席的店內很吵。我覺得自己不該出現在這裡，有點不知所措。美晴把啤酒杯塞到我手上，拿起自己的酒杯碰一下我的杯子，發出了碰杯聲音。美晴咕嚕咕嚕喝著啤酒，吐出一口氣之後，指著坐在眼前的男人。她的那群朋友中，只有一個人跟著我們一起來到居酒屋。

「貴瑚，我來介紹，他叫岡田安吾，是我公司的前輩。」

那個人有張圓圓的臉，戴著一副圓形眼鏡，看起來很和善。臉上可以看到青春痘的痘疤，下巴留著像草皮般的鬍鬚。麵包超人成年之後，應該就是這種感覺。他摸了一下理得很短的頭髮，笑了笑。

「很高興認識妳，大家都叫我安安。呃，既然妳叫貴瑚（Kiko），那我就叫妳豆粉好嗎？安安剛好和豆沙同音，妳不覺得豆沙和豆粉感覺很配嗎？」

我就這樣認識了安安。

我這輩子第一次喝啤酒，很快就昏昏沉沉，聽著美晴聊她高中畢業後的情況。美晴在短期大學畢業後，在一家補習班當會計。

「剛才那些人都是補習班的事務員還有講師，今天是公休日，大家原本約了一起去玩。」

安安是教小學算術的老師，他的動作慢條斯理，說話時措詞很溫和，我覺得他很適合做和小孩子打交道的工作。最重要的是，他是個好人。他完全沒有提到我一身邋遢，也沒有提我獨自在街頭晃蕩，只是開心地說著和美晴在補習班內發生的開心事。我就像在看電視一樣看著他們說說笑笑，覺得他們好像在說另一個世界的事。

「豆粉，這家居酒屋雖然很便宜，但食物都很好吃。來，啊啊，張開嘴巴。」

安安發現我悶不吭氣地看著他們，用湯匙舀起還冒著熱氣、淋了勾芡的茶碗蒸，遞到我的嘴巴前。我從來沒有被別人餵食過，感到不知所措，他對我說：「真的很好吃。」我覺得他這個人自然熟，完全沒有距離感，有點奇怪，不可思議的是，我並不討厭他無憂無慮的笑容，把湯匙放進嘴裡。加了麻油，有點鹹味的勾芡和雞蛋在嘴裡漸漸融化。當我吞下鮮嫩的蒸蛋瞬間，安安露齒一笑說：「是不是很好吃？」我點了點頭，想要回應他的笑容，淚水奪眶而出。

餵進我嘴裡的熱騰騰蒸蛋卡在喉嚨，釋放著熱量。我很痛苦，幾乎無法呼吸。至今為止，我都吃了些什麼，怎麼活到今天的？

「太燙了嗎？對不起，對不起，下一次會先吹涼一點。」

安安看到我眼淚撲簌簌地流下來，若無其事地笑了，然後又舀了一匙遞到我面前。

「來，吃吧。啊啊，嘴巴張開，這就對了。是不是很好吃？」

「安安，你簡直就像在餵貴瑚吃飼料。」

美晴默默看著流著眼淚張開嘴巴的我，和正在餵我吃茶碗蒸的安安，語氣溫柔地說。

當我不再流淚後，又換一家店。那家店有安靜的包廂，美晴逼問我這三年來到底發生什麼事。我緩緩告訴她，我一直在照顧得了不治之症的繼父，原本有點微醺，臉上帶著紅暈的她頓時臉色發白。

「什麼？妳每天都在照顧妳繼父？所以沒有來參加成人式……」

我在高中時，曾經稍微向美晴透露一些家裡的狀況，但只是告訴她父母只愛弟弟，對我沒有興趣。美晴還笑著對我說：『再婚家庭都這樣。』美晴也是再婚家庭的孩子，也許是因為這樣，所以我們很合得來。由於父母同樣要求我們除了學費以外的錢都要自己賺，所以我們兩個人都拚命找時薪高的打工機會，然後努力打工。

我打量著美晴，她的一頭長髮保養得宜，嘴唇紅潤，指甲像雷根糖一樣亮閃閃。我們以前的環境相差無幾，究竟在哪裡拉開這麼大的差距？不，想必我們的起點已經大不相同。我用力握住為了照護繼父，修剪得很短的指尖。

「除了照護以外，妳還做了什麼其他事？」

聽到美晴這麼問，我才回過神。

「呃……其他事……喔，妳是問我家事嗎？我要洗全家人的衣服，也負責煮飯，家事都由我一個人包辦，但偶爾會睡午覺，雖然如果被發現，就會挨罵，嘿嘿。因為半夜要起床好幾次，沒辦法好好睡。為了避免長褥瘡，要經常為他翻身，其他的話，還要換尿布……」

我邊回想邊回答，美晴探頭看著我的臉。她神色凝重，我側著頭納悶。她用嚴肅的聲音問我：「我問妳，妳自己有意識到嗎？」

「意識到什麼？」

「我剛才就很在意，妳說話的方式很奇怪。妳以前很毒舌，說話的速度很快，完全不會像現在這樣慢吞吞，簡直就像變了一個人，到底是怎麼回事？」

美晴大聲問道，我覺得她看起來像在生氣的臉很遙遠。我猜想美晴認識的那個我，已經去了遙遠的地方。

「妳一直很努力。」

剛才靜靜聽我們說話的安安若無其事地說。

「我曾經聽說照護病人很辛苦，而且豆粉獨自照護不治之症的病人。牧岡小姐，我相信豆粉遠遠比我們想像中更辛苦。」

安安彎著兩道眉毛，對著我微笑。

「豆粉全力以赴地照護病人，但完全沒有幫手，需要獨自扛起照護的責任，壓力應該非常大。」

安安笑起來眼睛瞇成一條線，我帶著奇妙的感覺，看著他那雙看起來像新月掛在夜空中般的眼睛。雖然第一次見到他，但為什麼好像很久之前就認識我，說出了我想聽到的話？

「努力很了不起，但我覺得妳快扛不住了。」

「但是，我必須照顧他，雖然我和他沒有血緣關係，但他讓我這個拖油瓶讀完高中，我必須回報這份恩情。」

所以，必須由我來照顧爸爸。我把媽媽好幾次都這麼對我說，我也這麼告訴自己的話說出口，安安問我：「妳要為了報恩而死嗎？」

「死」這個字說到我的痛處，我閉口不語。安安好像在對小孩子說話慢緩緩向我解釋說：「豆粉，妳剛才是不是打算一死了之？這意味著已經超過了妳能夠承受的極限，既然已經把妳逼上絕路，那就稱不上是『恩情』，而是『詛咒』。」我完全沒有想到他竟然發現我打算尋死，所以只能注視著他的臉。

「一旦變成詛咒，就會漸漸吞噬妳，妳要設法逃離。」

「逃離……」我喃喃重複。

「對啊！」美晴大聲說著，抓住我的肩膀。「貴瑚，妳之前不是說，等高中畢業之後，就要展開新的人生嗎？妳根本還沒有邁向新的人生。」

我覺得那是遙遠的記憶，但我的確曾經懷抱這樣的希望，我曾經相信，畢業之後，雖然會放棄一直渴望的家庭溫暖，但一定能夠有所收穫。也許我從高中畢業典禮的前一天開始，就一直在原地踏步。

「豆粉，要邁向新的人生。」

安安對我說。我聽到耳朵深處有噗通噗通的聲音。那是什麼聲音？啊，那是我心跳的聲音。我注視著他們的笑容，思考著自己是否能夠繼續向前。

那天晚上，我住在一個人獨居的美晴家中，倒在美晴為我鋪好的被褥上，就立刻昏睡過去。美晴說我睡得一動也不動，她還以為我死了。一整晚都沒有人叫醒我，當我從沉睡中醒來時，太陽已經高掛在天空中。

「對、對不起！」

我跳了起來，正在準備早餐的美晴笑著說：「妳可以多睡一下啊。」

「但妳不是要上班嗎？」

「今天是星期天，我也休假。我昨天就曾經告訴妳，昨天和今天都休假，所以大家約了一起出去玩，但妳好像忘了。啊，妳餓嗎？我已經做好早餐了。」

我們面對面坐在雙人餐桌前吃早餐，美晴準備了吐司、番茄蛋花湯和酪梨沙拉，對我說：「不好意思，都是用家裡現成的食材做的。」

「別這麼說，超好吃。妳以前不會下廚，現在太厲害了。」

「因為我搬出來一個人生活很久了。」

美晴在高中畢業後，搬離家中。我記得她讀高中時曾經說，她打算在短大時申請助學貸款，自己打工賺錢。我打量著她租屋處的套房，雖然充滿生活的味道，但整理得很乾淨，牆上貼了很多照片，她和很多朋友在一起，笑容燦爛。想到她這三年的生活一定很充實，我就有一種想哭的衝動。我喝著熱湯，忍住淚水。即使羨慕也沒用。

「對了，安安剛才打電話來，說想和妳談一談。他等一下會過來這裡。」

美晴對我說，我想起昨晚陪了我們很長時間的那張臉。

昨天聊天中途，我鞠躬向安安說不好意思，同時謝謝他看在美晴的面子上，幫了我很多忙。安安對我這麼好，所以我認定他們在交往，沒想到美晴笑著說：『沒有沒有，他只是我的前輩。不瞞妳說，我們之前甚至很少聊天，所以安安說要陪我們去喝酒時，我超驚訝的。對了，你為什麼會陪我們一起去呢？』

美晴只有最後一句話是在問安安。安安正慢慢喝著高球雞尾酒，發現我和美晴看著他，淡淡地說：

『貓手。牧岡妳平時都很冷靜，我發現妳驚慌失措，問有沒有誰要和妳們一起去喝酒，我想事情一定很嚴重。人手不足的時候，不是連只會抓老鼠的貓手都想借來幫忙嗎？所以我覺得自己應該可以充當貓手，更何況比起大家一起去看電影，我更想在大白天喝酒，這樣正合我意。』

安安雖然半開玩笑地這麼說，但美晴倒吸一口氣，然後深深地向他鞠躬致謝。

「美晴，我想安安應該喜歡妳。」

如果不是因為這樣，無法說明他的行動。我啃著吐司對美晴說，美晴用很肯定的語氣說：「我想不是這樣，應該是他人真的很好。」據說他在補習班帶的班級，學生都很喜歡他。有些學生即使在升學之後，仍然會來問他功課，或是長期拒學的學生會來補習班上安安的課。美晴說完這番話後，有點尷尬地笑了笑。

「我原本以為他只是不罵學生而已，他總是笑嘻嘻的，看起來很無害，所以學生都願意和他親近，沒想到我想錯了。不瞞妳說，昨天是安安先看到妳。」

那個女生不太對勁。安安走在路上時，突然嘀咕，美晴不經意地轉頭一看，才終於看到我。我想起在看到美晴之前，和一個男人四目相對。原來那個男人就是安安。

「之後安安不是都一直站在旁邊嗎？老實說，那時候我六神無主。我看到死神站在妳身後，用力甩著鐮刀。我知道如果不趕快把妳從死神身邊拉開，妳真的會去死，但不知道該怎麼辦才好，所以安安輕鬆地跟我們一起去喝酒時，我偷偷鬆了一口氣。是他最先發現妳，有他在，就一定沒問題。我相信他能夠對別人的痛苦和悲傷感同身受。」

安安發現我，而且救了我。這個世界上真的有人願意對初次見面的女人付出無償的溫柔嗎？我無法輕易相信，但仍抱著一線希望，如果真的有這樣的事，那真是太好了，真希望這個世界上真的有像菩薩一樣的人。

我們吃完早餐後不久，安安就來了。他簡單打招呼後，把很多簡介、資料和書籍放在我面前說：

「我在想，不知道能不能尋求社福支援，就去查了一下。」

我大致瀏覽了堆在桌上的東西，立刻發現全都是關於漸凍症的資料。

「我還有很多不瞭解的狀況，但已經有些概念。你們有沒有申請居家照護或是日間照顧服務？昨天稍微聽妳聊了家裡的情況後，我認為妳父親接下來必須二十四小時都有人照顧，有專門接收這種漸凍症病人的安養院，那裡隨時有護理師，可以很安心……」

我拿起眼前的那本書，書名是《照護家人的生活》，書腰上用紅字寫著『不要只是努力，而是要和家人一起共度歡笑的日子』。

「豆粉，目前的狀況可以改善。」

我原本低頭看著書，聽到安安的話，抬起頭。安安語氣開朗地說：「沒事，不會有事的。」我發自內心感到不解，忍不住問他：

「為什麼？為什麼你要這麼幫我？」

他不可能只因心地善良，就做到這種程度，其中必定有原因。美晴也注視著安安，似乎想要知道答案。安安在我們的注視下，不知所措地抓抓臉頰。

「因為妳很可愛。」

「什麼？」美晴發出驚叫聲。安安看著我，有點靦腆地說：「豆粉很可愛，我產生了邪念。」

「啊？什麼？我並不是想聽你開玩笑。」

「不，我是說真的，如果不是為了可愛的女生，誰會做這種事呢？」

安安鼓起臉頰說道。他在調侃我嗎？我很清楚自己目前的樣子有多悽慘，而且昨天遇到他們時，身上還揹著死神。怎麼可能有人認為這樣的女生可愛？我正打算開口，安安用食指指著我說：

「但我並不打算在妳不幸時趁虛而入，我並沒有這麼卑鄙無恥。嗯，我只是希望可以和妳當朋友，只是有這樣的企圖而已。」

安安放下手指，呵呵呵地笑了。我好像看到麵包超人在笑。麵包超人沒有私欲，簡直就像神一樣。啊，我知道了，安安應該就是這樣的人。我就像是拼好最後一片拼圖般恍然大悟，於是就像麵包超人動畫裡的小河馬一樣，坦誠地向他道謝。

「安安，原來你喜歡像貴瑚這樣的女生。」

美晴笑著說，安安鎮定自若地說：「畢竟我也是男人嘛。牧岡一定會協助在下個月的連假之前，做好所有準備，所以就放心吧。」

「哇，差別待遇也太明顯了。」

美晴和安安一起笑了。溫馨的氣氛讓我也露出笑容。

接著，安安詳細詢問我的狀況和繼父的狀態，我據實以告。即使是之前從來無法告訴任何人的事，只要安安平靜地問我，我就毫無抵抗地和盤托出。在一旁聽我們說話的美晴不時難過地嘆息，但還是默默倒了咖啡給我們。

「這樣可以減輕妳的負擔，只要使用日間照顧服務，妳就可以週休二日，其他日子也可以有自由的時間。」

安安輪流看著好幾份簡介和寫下我情況的便條紙說道。

「妳之前太辛苦了，其實有很多方法可以改善目前的狀況，問題是妳打算怎麼做？妳想一直照顧妳繼父嗎？」

安安的問題讓我腦袋一片空白。安安以有點嚴肅的眼神看著我。

「我接下來說的話可能很殘酷，不知道妳繼父還能夠活幾年，可能半年後就死了，也可能拖十年。在這段不確定的期間，妳打算把自己的人生都持續奉獻給妳的繼父嗎？一直到妳繼父去世為止嗎？」

這是我一直不願意正視的事實，但是聽到別人如此斷言，我感到背脊發冷。在繼父死去之前，我都無法有自己的人生。

「這種情況根本是在消費妳的人生，但妳的父母完全不打算改善目前的情況，而且還覺得妳奉獻得還不夠。正因為妳察覺到了，所以昨天才會被逼上絕路，想要一死了之。狀況只會持續惡化，妳根本無法得到解脫。既然這樣，妳就應該離開妳的繼父……離開妳的家人。」

離開家人。我認為這是唯一的方法。當媽媽惡狠狠地對我說『她死了才好』的那一刻，我覺得之前緊緊抱住的那根脆弱的支柱應聲崩塌，已經回不去了。

「妳可以把人生用在自己身上。這是我個人的意見，我認為妳要離開家裡，獨立自主，然後從自己的收入中拿出一部分錢寄回家『報恩』。只要有錢，妳的繼父就可以住進有看護的安養院，妳只是換一種方式報恩，這樣的話，妳也會覺得心安理得。」

聽著安安說話，我覺得有一種撥雲見日，視野漸漸開闊的感覺，原本昏暗的世界漸漸恢復光明。我甚至覺得安安引導我走向光明。

幾天之後，我和安安一起回到家。媽媽在家裡，一看到我，就壓低聲音問：「妳去了哪裡？家裡收到一大堆安養院的簡介，還有人打電話來，妳在搞什麼名堂？我可不准妳這樣亂搞。」

她難道一點都不關心我離開醫院後的這幾天過得好不好嗎？聽到媽媽難掩怒氣的聲音，我愣在那裡，安安把我拉到他的身後，向媽媽鞠躬說：「妳好，初次見面。我姓岡田，是貴瑚的朋友，我今天是來幫忙貴瑚的。」

「啊？」媽媽皺眉，「你是誰啊？而且你說來幫她是什麼意思？她丟下照顧我老公的工作，突然不見蹤影，我們才感到很困擾……」

「她無法再繼續照護工作了。」

安安並沒有很高大，他的個子只比我稍微高一點，他算是不高也不胖的中等身材，只要我抬起頭，就可以隔著他看到媽媽。媽媽只要一伸手，就可以抓到我。我不由自主地抓住安安的衣服下襬。

「是我建議她向政府相關部門和醫院諮詢，可以向哪些安養機構申請妳先生入住，醫生和護理師都很親切地提出建議。」

安安和我這幾天去了很多地方，諮詢今後如何安排繼父的照護問題。繼父的主治醫生比媽媽更擔心突然離開的我，還邀請來長照管理師一起提供意見。

「這是可以入住的安養機構，和目前可以利用的居家照護服務的相關資料，接下來就由你們自行決定。」

安安把裝在紙袋內的資料遞到媽媽面前，媽媽粗暴地推開，資料全都散落在玄關。媽媽終於忍無可忍，大聲吼道：

「你在胡說些什麼？只要貴瑚像之前一樣回來照護就好。你到底是誰啊？貴瑚，請妳的朋友離開！」

「我剛才已經說了，我是來幫貴瑚的，我今天來這裡，是要把她從這裡帶走。」

安安說完，轉頭對我說：

「豆粉，妳去收拾一下東西，只要拿去車上就好。」

我拚命忍著身體的顫抖。安安竟然對媽媽說這種話，媽媽絕對不可能放過我。被安安擋住的媽媽好像隨時都會撲過來打我，她會不會一路把我拖去廁所，然後又把我關進廁所內？

我正打算對安安說「對不起，算了，沒關係」時，聽到媽媽的尖叫聲。

「貴瑚是我的女兒，我不准她隨便離開！」

我的、女兒？我渾身的顫抖戛然而止，抬頭看著媽媽。安安輕輕笑著說：「不是『她死了才好』嗎？」

媽媽倒吸一口氣，看著安安。

「妳親口說『她生病才好，她死了才好』，可以請妳不要用說這種話的這張嘴，稱她是妳的女兒好嗎？」

安安第一次發出不耐煩的聲音。

「她已經身心俱疲，醫生都勸她去看身心科。妳把她逼到這種程度，竟然還能夠擺出一副為人母親的態度。」

「這、這和你沒有關係。貴瑚，我當時只是六神無主，我知道妳幫了家裡很多忙，爸爸也這麼覺得，而且——」

「阿姨，請妳閉上妳那張聒噪的嘴巴。」

安安語帶不屑地說，我瞪大眼睛。

「既然妳說是她的母親，就請妳高抬貴手。」

媽媽滿臉憤怒時，傳來一個高亢的聲音。

「很好啊，媽媽，我覺得很好啊，就讓姊姊去做她想做的事。」

真樹慢條斯理地從屋內走出來，手上拿著掌上型遊戲機，不懷好意地笑著。

「把爸爸送去安養院的主意很棒啊，我舉雙手贊成。」

真樹和繼父很像的臉上露出笑容說道。「家裡整天都是屎味，爸爸也發出像野獸的叫聲，我覺得很丟臉，根本不敢找朋友來家裡。而且姊姊這副鬼德性，根本不能見人。他們兩個都搬出去，這樣不是很好嗎？」

媽媽立刻衝到真樹面前，抓著他的肩膀。

「真樹，你在說什麼！？爸爸這麼愛你，就是為了你，才努力活下去。」

「夠了，這種情緒勒索煩死了。」

真樹不耐煩地甩開媽媽的手。我茫然地聽著遊戲機發出歡快的背景音樂，想起了小時候很愛的繪本。

小熊很喜歡彩虹，陶醉地看著天空中美麗的彩虹。小狐狸見狀，搖搖一個玻璃小瓶子，騙小熊說，可以把彩虹碎片裝進瓶子裡。小熊四處尋找彩虹，最後終於找到了，牠拚命搖著瓶子，然後蓋上蓋子，把彩虹碎片裝進小瓶子。森林裡的其他朋友都嘲笑小熊說，小瓶子裡根本沒有任何東西，只有小熊深信瓶子裡裝了彩虹碎片，細心地保護小瓶子，但小瓶子被壞心眼的小狐狸打破，森林裡的朋友和小狐狸都一起嘲笑傻乎乎的小熊，但是小熊在瓶底找到了一小塊彩虹的碎片，牠撿起像金平糖般漂亮的彩虹碎片，幸福地微笑。

而我的瓶子裡空無一物，沒有任何真實的東西。

「安安，我去收拾一下東西。」

我說完這句話，走向自己的房間。雖說是自己的房間，但我現在都在繼父的床邊鋪被子睡覺，對這個空間感到很陌生，而且要帶走的東西只有衣服和存摺而已。我回想起美晴的房間，打量著自己空空蕩蕩的房間。為了讓繼父活下去，我一直扼殺自己。我雖然還在呼吸，但已經死了。我茫然地站在自己房間內，想起安安和媽媽還在玄關。我搖搖頭，把衣服塞進紙袋，然後拿出塞在書桌抽屜深處的存摺。三年前，我為自己即將展開新生活所存的款項金額並不多，但可以支應眼前的生活費。我想起慢慢存下打工的錢，看著存摺上的餘額，夢想著未來新生活的日子。接下來的日子中，我能夠看到當時夢想的續篇嗎？

我急忙回到玄關，只看到安安站在門口，媽媽和真樹都不見了。

「妳媽媽撂下一句『隨你們的便』就出門了，妳弟弟也回房間了。」

我把紙袋交給安安，轉頭看向屋內。弟弟和我有一半的血緣關係，我從他出生開始就看著他長大，雖說是弟弟，我們之間並沒有太多交集，但我自認對他有感情。雖然曾經帶著恨意看著他得到無條件的愛，但我很慶幸他的存在。因為只要他在媽媽和繼父的關愛下幸福成長，媽媽就會揚起幸福的笑。我無法讓媽媽露出笑容。

「走吧，牧岡和她的朋友在等我們。」

我將搬去和美晴短大的同學同住。她的室友剛好搬走，她在找新的室友，美晴現在正在幫忙打掃房間。

我把行李放在安安租來的車上，坐在副駕駛座上。車子啟動，離開老家後，淚水就像潰堤般流下。分不清是悲傷還是害怕的感情傾瀉而出，變成嗚咽。我雙手捂著臉哭了起來，安安撫摸著我的頭。

「妳會痛苦是很正常的事，因為妳結束了第一人生。他們已經成為妳之前人生中的角色，無法繼續傷害妳了。」

這句話的意思是，我的人生一度結束了嗎？可以就這樣結束嗎？我很想嘔吐，但拚命忍住了。熱熱的異物感一次又一次從喉嚨深處湧上來，安安發現了，於是把車子停在路肩。我衝下車，當場蹲在地上想要嘔吐，但嘔吐了一次又一次，卻只吐出口水而已。安安走到不斷發出嘔吐聲的我身旁，撫摸著我的後背。

「如果想吐，就全部吐出來，把所有的東西都吐光光。」

感受著他溫柔的手的溫度，聽著他說話的聲音，我內心的某些東西斷裂了。

「我、我媽媽……」

「嗯。」

「我以前很愛我媽媽，很愛很愛，所以總是……總是希望她可以愛我。」

喉嚨深處的異物吐了出來，我就像小孩子一樣一次又一次重複，怎麼也停不下來。我以前很愛媽媽，她是我的一切。

媽媽的情緒起伏向來很激烈，經常在大發雷霆後，哭著緊緊抱住我。再婚之前，她可能對於必須獨自養育我感到焦慮不安，一天之中，經常會發好幾次脾氣。我經常毫無理由地挨罵，挨打的次數不計其數。但是，她也同等程度地愛我。她總是緊緊抱著我說『剛才對不起』、『媽媽最愛妳』。貴瑚，因為有妳，我才能努力活下去。雖然妳可能對這樣的媽媽感到很失望，但是拜託妳，要一直陪在媽媽身旁。

媽媽溫柔的氣味、柔和的溫暖和臉頰所感受到的熱淚，足以讓我原諒所有的一切。每次聽到我說『好』，媽媽總是開心地笑起來，不顧我的臉頰已經沾滿她的淚水，親吻我的臉頰。

不久之後，她遇到繼父，和繼父再婚，媽媽的情緒漸漸平靜下來。繼父填補了我永遠無法滿足媽媽的部分，因此我覺得媽媽深深愛上繼父是理所當然的事，但是我並沒有想到媽媽會因此疏遠無法滿足她的我。

即使這樣，無論遭到多麼無情的對待，我仍然希望媽媽可以再一次擁抱我，只要能夠像以前一樣用力抱緊我說『媽媽最愛妳』，我就可以忘記所有傷心事。只要親吻我一下，我就可以前嫌盡釋，我一直希望可以聽到媽媽說她愛我。

但是，媽媽根本不看我一眼。對媽媽來說，我已經沒用了。雖然我知道這樣，卻不願意承認，因此我一直很寂寞。我總是很寂寞，得不到一絲的愛。

「媽媽不愛我了，怎樣才能夠讓媽媽再愛我？」

這是我對著廁所小窗吐露的心聲。無法傳達給任何人、也不會有任何人聽到的心聲。

「全都說出來，我會傾聽妳說所有的一切，我能夠聽到妳的心聲。」

安安緊緊抱住我，雖然和媽媽的感覺不一樣，但真真切切的溫暖包圍著我。別擔心，我會聽妳說所有的一切。雖然妳無法把心聲傳達給妳媽媽，但我接收到了。

多年來無處可去的心聲，終於傳達出去了。我很高興，但同時也感到悲哀，所以我對安安說，如果真的有下一個人生，我希望下一個人生中，能夠把自己的心聲傳達給想要傳達的人，希望我想要傳達的人，可以接收到我的心聲。

「一定可以。」安安溫柔地對我說，「妳會在第二人生中遇到靈魂的伴侶，一定可以邂逅一個妳愛他，他也愛妳，這個世界上獨一無二的靈魂伴侶，妳一定可以得到幸福。」

真的有這樣的人嗎？不可能。

「我知道妳現在很悲觀，但是別擔心，一定會遇到，在此之前，我會守護妳。」

安安的手一次又一次撫摸著我的後背，我的內心漸漸溫暖起來。以前曾經有人對我說過這樣的話嗎？曾經有人拯救我嗎？他說這是新的人生的起點，這個記憶就可以讓我繼續活下去，除此以外，我已別無所求。

4 再度相遇與懺悔

早晨，聽到窸窸窣窣的聲音醒來後，忍不住向周圍東張西望，確認五十二在哪裡。

「早安。」

當我向他打招呼時，他嚇了一跳，然後發現睡在他身旁的我，慌忙拚命向我鞠躬，我忍不住笑了。昨天晚上，五十二就像是斷線的傀儡般在緣廊上陷入沉睡，我怎麼叫他，都沒辦法把他叫醒。無奈之下，我只能從房間內拿了毛巾被，和他一起睡在緣廊上。

「會不會冷？」

近距離感受到這孩子的體溫，所以我完全不覺得冷，一整晚都睡得很熟。五十二連續點了好幾次頭，應該並不覺得冷。

「我來做早餐，要不要一起吃？五十二，你先去洗臉。」

他聽到我叫他「五十二」時吃了一驚，然後有點不可思議地皺著臉，點點頭，跑去盥洗室。我裹著毛巾被，聽著那孩子的腳步聲，然後坐起來，準備做早餐。

「我想和你聊聊接下來的事。」

吃完早餐後，我倒了咖啡，為五十二準備蘋果汁後開口。

「你可以一直住在我家，但你還未成年，如果就這樣收留你，會有法律問題。對了，你有辦法溝通嗎？」

五十二昨天哭的時候稍微發出聲音，只是聲音很輕微，但似乎難以開口說話，此刻像往常一樣緊閉著雙唇。

「我準備了這個給你。」

我把便條本和原子筆放在五十二面前。

「如果你想說什麼，希望你寫下來，你有辦法嗎？」

我翻開便條本問他，五十二拿起原子筆，點點頭。

「嗯，那我想先問一個問題，你是因為生病，才無法說話嗎？」

五十二搖搖頭，在便條紙上寫下『不知道』。雖然他的字寫得不好看，但清晰的文字讓我驚訝不已。接著他又寫下了『會很痛苦』。

「會很痛苦……你是說，想要說話時，會感到很痛苦嗎？」

五十二含糊地點點頭，不知道是否連他自己都搞不太清楚。我猜想這個問題恐怕很複雜，便先擱置一邊。

「五十二，你接下來有什麼打算？我會尊重你的意見。」

五十二聽了我的問題，立刻寫下「我不想回家」。

「這樣啊。」

原來他不想回家。該怎麼做才是正確的決定？帶他去警局，向警察說明，他就可以不回家嗎？但是，接下來呢？要送他去兒少之家嗎？我正在思考，五十二又寫了什麼，然後輕輕遞到我面前。

『我不想一個人。』

五十二看著我，他的眼中摻雜著各種感情，我彷彿看到了自己以前的雙眼。這個人真的可以幫助我嗎？會不會遺棄我？既期待，但又怕受到傷害。

如果我帶他去找警察，然後送去兒少之家，他就不會一個人，一定會有人陪在他身旁，但是，他會覺得這樣就不是『一個人』嗎？會覺得不再孤單而感到滿足嗎？

「……我不會讓你一個人。」

我表現出平靜穩定，努力說得比較溫柔。

一定不是這樣。他並不想要別人用這種方式救他，我輕輕摸著他的頭，努力讓他安心，他神色稍微和緩了些。

「我不太瞭解你，所以要問幾個可能會讓你不舒服的問題。是誰對你動粗，然後叫你蛆蟲？」

五十二緊張起來，握著筆的手忍不住用力。我看著他問：

「你媽媽？」

即使他沒有發出聲音，即使沒有動筆寫字，只要看他的臉，就已經知道答案了。

我輕輕嘆氣，又接著說：

「那我再問下一個問題，你外公呢？」

聽說品城老伯曾經抱怨無法喜愛外孫，難道他看到女兒對外孫家暴，卻視而不見嗎？

五十二寫下『他不看我』這幾個字，然後又接著寫『因為我是蛆蟲』。

「……這樣啊，所以你外公和你媽媽差不多。」

我很沮喪。繼父毆打我時，媽媽都不看我一眼。她總是背對著我，好像在拒絕我，注視著她的背影，比遭到毆打更加痛苦。

但是，除了我以外，沒有其他人發現五十二目前身處的狀況嗎？比方說，他的班導師呢？就連我看到他乾瘦的身體和髒衣服都覺得不對勁，正常的大人只要每天看到他，一定會發現他狀況異常。

「你有去學校上課吧？」

『和媽媽一起住之後，就沒有去學校。』

啊啊。我差點叫出聲音。怎麼會有這種事？但是，他剛才說，和媽媽一起住之後？所以他之前沒有和琴美住在一起嗎？我問他後，他點了點頭。

「你從什麼時候開始和媽媽一起住？」

『末長奶奶死了之後』。五十二寫下這句話後，用力咬著嘴唇。

吉屋飯莊似乎是這一帶的熱門餐廳，生意非常好，我在中午的尖峰時段之後才走去那家店，發現門外仍有好幾個人在排隊。我在門外等了十分鐘左右，探頭向店內張望，幾個正在勤快做事的女店員異口同聲地打招呼說：「歡迎光臨。」琴美也在其中。她和前幾天一樣，繫著牛仔布的圍裙，忙得不可開交。

「請問是一位嗎？請坐在窗邊的座位！」

一名看起來已過古稀之年的駝背店員對我說，剛好是那天和村中坐的座位。我翻開菜單等了一會兒，琴美送來一杯水。

「要點菜了嗎？」

「請給我一份雞肉天婦羅定食。琴美……」

琴美驚訝地看著我，接著問我：「喔，是上次和村中一起來的那位……」

「沒錯，妳還記得。」

「只是隱約有印象，請問有什麼事嗎？」

她帶著疑問看我，於是我對她說：「等一下可不可以稍微佔用妳幾分鐘的時間？真的只要幾分鐘就好。」

「好啊，那妳要離開時叫我一聲。」

琴美神色自若。她為我點餐，然後送上定食。看到她面帶笑容地和其他店員、客人說話，忍不住懷疑她真的是五十二的母親嗎？她的兒子昨晚失蹤了，她為什麼還能夠若無其事地在這裡工作？原本覺得如果她在找兒子，如果她一臉不安，至少還有希望，所以特地來這裡確認。

我在問了之後得知，五十二今年十三歲。算起來是中學一年級生，還是小孩子，難道她不擔心兒子有沒有露宿街頭嗎？

不一會兒，雞肉天婦羅定食送上來，但我當然不可能有食慾。我向另一名店員索取外帶盒，準備帶回去給等在家裡的五十二吃，然後總算把白飯、味噌湯和醬菜塞進了肚子，走去結帳。

琴美立刻追著我出來，我思考著該怎麼說。因為琴美剛才在店裡看起來太若無其事了，我當時驚訝得忍不住對她說要談一談。但我正在想從何說起，琴美呵呵笑了起來。

「我們之間很清白喔。」

「啊？」我不禁反問。

琴美害羞地說：「我和村中之間很清白，妳不必擔心。我猜他提到我的時候，八成說得很誇張，但我和他之間是清白的，妳完全不需要擔心。他以前就很喜歡我，但就只是這樣而已，我們從來沒有交往過。」

我完全聽不懂她在說什麼，差一點以為她說的不是日文。但是她用力皺起眉頭，嘟著嘴說：「村中這樣可不行啊，竟然讓女朋友這麼不安。」

這時，我才終於發現她會錯意了。

「要不要我打電話給村中好好罵他一頓？叫他不要讓女朋友不安。啊，但是我不知道他的手機號碼，妳可以告訴我嗎？」

「呃，那個、請等一下。我並不是村中的女朋友，我是為了妳兒子的事想和妳談一談。」

我慌忙解釋，這些話卻帶走了琴美臉上的感情。她面無表情，法令紋變得很深。

「嗯……我是妳兒子的朋友。」

「我沒有兒子。」

她用和前一刻判若兩人的低沉聲音不滿地說。

「呃，但是……」

「不，我真的沒有兒子，妳是不是找錯人了？」

「但是村中告訴我說妳有兒子。」

難道有什麼誤會嗎？琴美輕輕咂著嘴說：「那傢伙真煩人。那算了。所以他怎麼了？」

琴美不耐煩地問。她變臉像翻書一樣快，讓我想起我媽，想起了以前那些無聊的事，不由得感到窒息，但仍然對她說：「我和他成了朋友。」

琴美挑起單側眉毛說：

「喔喔，他該不會在妳家？」

「對，沒錯，我想和妳談談那孩子的事。」

「沒什麼好談的。如果妳覺得他礙事，就把他趕走。啊，謝謝惠顧，歡迎再次光臨。」

店門打開，客人走出來。琴美對客人展現笑容，但客人一走，她再度換上冷冰冰的臉。

「流浪貓，」她說，「餵流浪貓吃東西，結果流浪貓就賴著不走，是不是讓妳覺得很困擾？既然這樣，可以請妳不要隨便餵食嗎？短暫的好心是一種暴力，妳知道嗎？」

她語帶挑釁地說的話讓我火冒三丈，難道是我有點心虛嗎？我不能說自己不孤單寂寞，但絕對不只是因為這樣。

「他逃來我家，渾身淋滿了番茄醬，一臉害怕。妳到底對他做了什麼？」

我加強語氣問道，琴美聳聳肩說：

「他擅自吃了我準備要吃的披薩，我就管教他一下。早知道不應該用番茄醬，而是該用辣椒醬。」

她一臉無趣的表情讓我感到害怕。她對自己的行為沒有絲毫的罪惡感。

「他不是妳的親生兒子嗎？為什麼能夠對他做出這種事？」

我知道自己的聲音很激動。琴美瞇起眼睛，然後問我：

「那我倒要問妳，為什麼不可以？他是我生下，我養大的孩子，無論對他做什麼，都是我的自由。而且，我因為生下了他，人生完全變調了。雖然妳把我說成加害人，但我覺得自己才是受害者。」

「什麼？妳是受害者？妳是受害者。妳是認真的嗎？」

「當然是認真的，我吃了很多根本不需要吃的苦，忍耐了很多原本不需要忍耐的事。我的日子過得這麼辛苦，他卻像蛆蟲一樣，可以不動腦筋地活著，我怎麼有辦法疼愛這種人？根本不可能。」

琴美撇著嘴角笑了。「我才不要這種只會礙手礙腳，完全沒用的孩子，我每天都後悔不該生下那種像螻蟻的東西。如果是螻蟻，只要用麵包屑就可以弄死，所以他比螻蟻更不如。」

琴美說的話讓我想要捂住耳朵，我差一點哭了出來。那個孩子整天都在聽著這些詛咒中過日子嗎？

「別……別說了！」

我也許太脆弱了，無法繼續聽下去，但如果繼續聽，我的心智會出問題。

「我會照顧他，但妳真的認為這樣沒問題嗎？」

我再三向她確認，琴美粗聲回答說：

「妳這個人真囉嗦，妳想怎麼樣隨妳的便。我真的不要他了，所以根本無所謂。應該說，反而幫了我的忙，啊，但妳可不要過沒幾天，又說要還給我，這樣我真的會很傷腦筋。」

淚水在眼眶中打轉，琴美的身影變得模糊。在內心逐漸膨脹的感情並不是悲傷，而是憤怒，那是像漆黑暴風雨般的憤怒。她為什麼能夠說出如同刀刃般的話？難道不知道這些刀子會傷人，會讓人流血嗎？

「那我暫時會照顧他，我姓三島，我曾經向妳父親自我介紹，只要問妳父親，就知道我住在哪裡。」

我忍著淚水提到她的父親，琴美的眼睛骨碌碌地轉動，但隨即說：「我絕對不會問他。」

「這樣啊，那告辭了。」

說完這句話，我跳上腳踏車。我踩著踏板，覺得五十二比我更瞭解現實。我在出門時對他說，會去看一下他媽媽的情況，他一副滿不在乎的樣子。他沒有絲毫期待，不知道他經歷過多少事，讓他變得心如死水。

我剛才應該對著琴美的臉揍一拳，應該大聲斥責她是魔鬼。但是一旦這麼做，就變成她的同類。我怒不可遏。她實在太過分了。我滿身大汗地一路騎回家，回到家時已經氣喘吁吁。好久沒有站著騎腳踏車，明天一定會肌肉痠痛。我調整呼吸，在停腳踏車時，玄關的拉門打開，五十二探出頭，提心吊膽地打量我周圍，他明顯害怕不已。那不是孩子期待母親來接自己的態度。

「我回來了！這是帶給你的禮物。」

我高舉著裝了雞肉天婦羅的塑膠袋說，五十二肩膀放鬆，鬆了一口氣。

我還沒有想好要如何向五十二傳達和琴美之間的談話，天色就已變暗。我們輪流泡澡，一起吃了晚餐。敞開的窗戶外傳來蟲鳴聲，我和五十二豎起耳朵細聽。我看著五十二俊美的側臉，他沒有問我情況怎麼樣，我猜想他心裡很清楚，所以我決定閉口不提，沒必要特地讓五十二知道那個女人揮起的刀子有多麼鋒利。

雖然我對琴美宣布，我會照顧這個孩子，但我到底該怎麼辦？我該怎麼做，才能回應他的期待？

五十二突然站起身，拿了紙筆走回來。他在紙上沙沙地寫著，然後拿給我看。

『告訴我五十二赫茲的故事。』

「我昨天不是說了嗎？」

五十二聽了我的回答，再度動筆，把便條本遞來我面前。

『豆粉，妳怎麼會知道五十二赫茲鯨魚的故事？』

我的嘴角忍不住上揚。他匆匆寫下的『豆粉』這兩個字觸動了我。

「那個MP3是美音子送給我的。」

離開老家之後，我無法控制自己的情緒。我猜想是因為麻痺了三年的心努力想要恢復以往的狀態，所以隨時都處於興奮狀態。一下子像機關槍一樣說話，下一刻就感覺快被恐懼壓垮，忍不住落淚。美晴的朋友，也是我室友的美音子並沒有厭惡這樣的我，應該說，她完全沒有受到我的影響。我猜想她明確決定了自己和別人的距離，每當我想要向她傾訴發生在自己身上的事時，她就會轉身回自己的房間；當我晚上哭得泣不成聲時，她會從門縫中塞一罐冰涼的啤酒進來。

美音子要求我嚴格遵守兩件事。第一是無論男女，都不可以留宿；第二是禁止外宿。美音子雖然經常帶不同類型的男生回家，但從來沒有任何人留下來過夜，而且她也從來不外宿，總是獨自睡在整理得很乾淨的自己床上。她一定有必須這麼做的理由，但當時的我比現在更加滿腦子只想著自己的事，所以經常對這件事感到不滿，即使不能讓安安陪我，至少美晴陪我睡應該沒問題，如果不行的話，至少不應該禁止我外宿。

最初的階段，獨處令我害怕不已。我會聽到繼父痰卡在喉嚨的聲音和揮動拐杖的聲音，很擔心門會突然打開，媽媽會衝進來打我。晚上特別嚴重，我總是開著燈，躲進被子裡，發著抖等天亮。喝下美音子給我的啤酒後，如果醉了，就可以入睡，但會做惡夢。一旦晚上做惡夢，早晨醒來時的心情就差到極點，有時候甚至無法下床。我看著天花板，怔怔地想著，根本沒有什麼第二人生，我的心仍然被關在家裡的客用廁所內，我永遠都無法逃離廁所——無法逃離媽媽和繼父的手掌心。

即使處於那樣的狀態，現實仍然毫不留情地擺在面前。如果不趕快找工作，就無法繼續眼前的生活。去面試時，不安和緊張總是讓我反胃，這樣的我當然不可能通過面試。每次接到不錄取的通知，對自己感到失望的心情就更加在內心膨脹，覺得自己根本沒有能力找到工作，在社會上生存。存摺上的餘額越來越少這件事，更加劇內心的失望。雖然安安和美晴都鼓勵我，只不過非但無法讓我的心情好起來，反而越來越沮喪。他們為了我放棄休假，四處奔波，打點我的生活。安安甚至請了年假，他們已經如此盡心盡力，我怎麼能夠繼續依賴他們？必須趕快回到社會，讓他們放心。我整天感受著這樣的壓力，在他們面前努力表現出開朗的樣子，回到家後，獨自一人時，反作用力讓我哭倒在地。離開老家時，聽了安安的話產生的幸福感早就已經消失無蹤。

我每天都躲在別人看不到的地方哭泣，有一天晚上，門像往常一樣悄悄地打開。我以為美音子又拿罐裝啤酒給我，但她在地板上放了一台小型MP3。

『妳聽聽這個。』

『那是什麼？』

『五十二赫茲的鯨魚發出的聲音。』

門又靜靜地關上。我擦擦眼淚，把耳機塞進耳朵，按下播放鍵，來自水底的聲音直直地傳入耳中。

五十二抬頭看著我，他天真無邪的表情似乎在問：「妳晚上睡不著嗎？」

「以前我只要一個人，就會感到極度害怕，經常睡不著，也經常偷哭。但是，聽了美音子給我的『五十二赫茲鯨魚』的聲音後，就能夠神奇地入睡，不會做惡夢。於是我就問美音子，那到底是什麼？美音子是一個話不多的女生，只對我說，如果妳有興趣，要不要自己去查一下？於是我就去圖書館查了一下……帶給我很大的震撼。」

柔和的陽光照進圖書館，我坐在圖書館的窗邊，差點放聲大哭。那根本就是我的寫照。我的聲音就是五十二赫茲的聲音，無法傳遞給任何人。

但是，我遇到了認真傾聽我聲音的人。安安救了我，引領我來到有其他朋友的世界，我不能忘記當時覺得這就是一種幸福的感覺，不能忘記把聲音傳達給別人的那份喜悅……

「那天之後，只要聽鯨魚的聲音，心情就會平靜下來，可以安穩入睡。」

心情漸漸平靜後，順利找到工作。我進入一家焊接電子儀器零件的工廠當工人，第一天上班的晚上，美晴和安安請我吃烤肉。美音子也說要送我禮物慶祝一下，我回答說，想要她的MP3。美音子笑著說，如果我不嫌棄是舊的，她還可以省一筆錢。

我和美音子又繼續住了一年左右，但我們的關係並沒有更加深入。她從來不跨越自己內心的界線，沒有和我更加親近。她說要回老家，打算把房子退租，但我甚至不知道她的老家在哪裡，只知道美音子也一定曾經有過必須聽著五十二赫茲的鯨魚歌聲入睡的夜晚。雖然不知道她目前人在哪裡，不知道她在做什麼，但我對她充滿感謝。多虧她的溫柔體貼，讓我重新找回了差一點失去的社會性，讓我瞭解到無可取代的事物。我希望她可以得到幸福。

「現在我晚上睡不著的時候，或是寂寞孤單得要死的時候，就會聽五十二赫茲鯨魚的歌聲。但現在和以前不太一樣，我思考的不是自己的聲音，而是向我發出的五十二赫茲聲音……」

五十二微微側著頭，我微微一笑。

「所以，我會傾聽你的聲音。啊，對了，你可不可以更詳細告訴我早上曾經提到關於末長奶奶的事？」

我想向他瞭解詳細情況，但五十二並沒有拿起筆。我把紙筆遞到他面前，想要再問一次，發現五十二愁眉苦臉。

「你不想說嗎？但這樣無法有任何進展，拜託你了。」

五十二聽了我這句話，雖然仍然帶著猶豫，但寫下『她是爸爸的媽媽』。

「既然她是你的奶奶，所以之前都是她照顧你嗎？那你爸爸在哪裡呢？」

『不知道。』

不知道爸爸的下落？到底有什麼隱情？

「所以你不知道爸爸的下落，但之前都是奶奶照顧你，對嗎？」我問。

『還有千穗姑姑』，他寫完這幾個字後，又寫了一句『她是爸爸的妹妹』。

「原來是這樣啊。既然是你爸爸的妹妹，千穗姑姑當然還活著吧？你之前和奶奶、姑姑一起住在哪裡？這附近嗎？」

『馬借』。

「哪裡？」

我忍不住問。是這附近的地名嗎？五十二看到我著急的樣子，他又繼續寫下『北九州』這三個字。北九州在福岡縣嗎？我的地理很差，完全不知道在哪裡。

『我想見千穗姑姑。』

五十二寫完，放下筆。我正感到納悶，發現他無聲地哭了。看著他的樣子就知道，對五十二來說，千穗姑姑是無可取代的存在。

只要見到他口中的千穗姑姑，或許就可以瞭解五十二之前的生活和琴美的事，說不定有助於改變目前的狀況。

「……我們、要不要去找她？」

我嘀咕著，五十二抬起頭。

「我們試著去找她看看，我想見一見能夠好好說明你情況的人。」

五十二擦著眼淚，握住我的手。我回握他乾瘦的手。

雖說要去找她，但目前的資訊太少了。隔天，我坐在簷廊上仰望著天空，思考該怎麼辦。

我用平板搜尋，總算找到北九州市小倉北區馬借這個地名，但還是不知道這個地名指的是多大的範圍。五十二也只知道馬借這個名字，並不知道更詳細的地址。他說兩年前，和奶奶、姑姑一起住在那裡。即使能夠找到那裡，他的姑姑搞不好也搬走了。無論如何，還是去看看再思考該怎麼辦。現在開始收拾東西，傍晚就可以到那裡，而且似乎只能訂一家飯店住下來，然後再慢慢找。

我正在思考，聽到玄關響起門鈴聲。正在院子裡挖泥土的五十二嚇了一跳，逃進了屋內。

「會是誰呢？」

確認五十二躲進房間後，我走向玄關。該不會是琴美？我腦海中閃過這個念頭，但立刻打消這個念頭。她不可能來這裡，不是宅配的送貨員，就是村中。

「請問是哪一位？」

我隔著拉門的毛玻璃對著門外問，聽到有人叫我。

「貴瑚！妳是貴瑚吧？」

啊？不可能。怎麼可能有這種事？我慌忙打開玄關的拉門。美晴站在門外。

「為、為什麼……」

「我當然是來找妳的啊，笨蛋。」

美晴的淚水在眼眶中打轉，她打了我一巴掌。啪。清脆的聲音和衝擊，讓我知道自己並不是在做夢。美晴一次又一次打我，不停地罵著我：「笨蛋、笨蛋。」

「啊？為什麼？妳怎麼知道我在這裡？」

「當然是去妳家啊。那個死老太婆臉臭得要命，但我死纏爛打，她才終於告訴我。雖然我很不安，擔心萬一她騙我就慘了，太好了，我終於見到妳了。」

我完全沒想到美晴竟然會去找媽媽，完全沒想到她竟然會為我做到這種程度。我說不出話，美晴緊緊抱住我。她抱得很用力，我驚訝不已。

「妳為什麼要這麼做？難道妳沒想過我會擔心嗎？」

我難以置信，但這的確是美晴的溫暖。美晴鬆開我的身體，抓住我的雙肩。

「我一直擔心不已，以為妳死了。妳知道妳這樣不告而別，我會多受打擊嗎？」

我的肩膀被美晴抓得很痛。

「不要做這種事。我要拜託妳幾次，妳才能夠讓我安心？」

淚水從美晴的眼中滑落。這是她第二次為我哭，兩次都是我的錯。

「我……並不打算死。我只是想一個人在這裡生活。」

「什麼嘛！妳這麼做，根本只是在裝可憐！？」

美晴大聲說道，她的強悍讓我忍不住發抖。

「要向前看，拜託妳了！」

「美、晴……」

喀噹一聲。美晴看向我的身後，然後擦著眼淚，小聲問我：「他是誰？」回頭一看，發現五十二正慢慢走過來。他拉著我的衣襬，然後對著美晴搖頭。他臉色蒼白，渾身發抖。他該不會以為我在挨罵，所以來救我？

「這個孩子是誰？妳在這裡認識的？」

「啊……呃……」

五十二頻頻拉著我的衣襬，我笑著對他說：

「沒事，她是我的朋友，特地來這裡找我。」

五十二看看我，又看看美晴，然後才鬆開手。

「美晴，妳先進屋吧，我拿冷飲給妳。」

雖然客廳沒有裝冷氣，但海風從敞開窗戶的簷廊吹進來，只要開電風扇就很涼快。五十二最先走進客廳，坐在角落，目不轉睛地看著跟在我身後走進來的美晴，不知道是不是打算在一旁監視，避免我再挨罵。美晴完全沒有察覺這件事，打量著室內說：

「嗯，沒想到裡面還挺舒適的，電器和家具應有盡有，還不錯嘛。剛才在外面時，看到這麼破的房子，還很擔心妳沒有好好過日子。」

「已經很多年沒有人住了，所以外觀真的很破，更何況還受到海風的侵蝕。我經常請業者修繕室內，臥室還裝了冷氣。啊，妳隨便坐。」

我走去廚房泡冰咖啡，為五十二準備蘋果汁，放在托盤上回到客廳，但不見美晴的身影。五十二指向盥洗室的方向，我直接走過去，發現美晴探頭向浴室張望。她仔細打量，嘀咕著。

「浴室還是很舊，傳統的磁磚還算可愛，也不是完全無法接受。」

「這裡還沒有整理。」

美晴從仍然端著托盤的我身旁走過去，又探頭向更衣室旁的廁所張望。

「啊，這裡也貼了磁磚，很有昭和年代廁所的感覺，但有免治馬桶欸，很好很好，很不錯。」

「妳一來就先檢查嗎？我有好好過日子啦。」

我很受不了地說，美晴回頭看著我，很乾脆地說：「因為我要在這裡住一陣子，需要先確認一下。」

「咦？啊？但是，妳不用上班嗎？」

「我辭職了。我要來和妳一起生活一陣子，直到我放心為止。啊，妳有多的被子嗎？如果沒有的話，我們去永旺買。我剛才來這裡的途中看到有永旺，我剛好可以順便去那裡買一些生活用品。」

美晴一口氣說完，從我手上的托盤中拿起咖啡杯，站著咕嚕咕嚕開始喝。她喝了半杯後，用力吐氣，然後宣布：

「我決定要徹底陪陪妳。我覺得如果不這麼做，妳永遠都無法好好生活。」

「陪我……妳為什麼要做到這種程度？」

美晴沒有理由為我做到這種程度。我努力思考措詞後問道，美晴有點為難，之後輕輕笑了笑說：

「也許我是想用這種方式贖罪。」

「贖罪……贖什麼罪？」

「妳別放在心上，總之，我會暫時陪在妳身邊。妳可不可以先解釋一下這個孩子是怎麼回事？」

順著美晴手指的方向看去，發現五十二站在那裡。我看看不安的五十二，又看了看納悶的美晴，稍微想了一下要怎麼說。

「啊？啊？等一下，等一下，我聽不懂妳的意思。為什麼？」

回到客廳後，我告訴美晴，在偶然下認識這個孩子，現在由我照顧他，我們開始一起生活，美晴帶著混亂，凝視著五十二的臉。正在喝蘋果汁的五十二似乎無法承受她的視線，很快站了起來，走去院子，然後坐在我開墾為家庭菜園的區域，默默地挖著土。美晴注視著他用鏟子把泥土鏟進花盆內，然後將視線移回我身上。

「我曾經想像妳目前在過怎樣的生活，但目前這完全超乎我想像的發展嚇到我了。呃，為什麼會變成這樣？」

雖然五十二背對著我們，但他一定豎起耳朵，於是我對他說：「五十二，她叫美晴，是我的好朋友，我可以把你的事告訴她嗎？她絕對不會做對你不利的事。」

片刻之後，五十二瞥向我，點點頭。我很感謝他的信任，然後向美晴說明了和五十二之間的故事。由於五十二也在聽，所以說到當面和琴美談話的內容時有點難以啟齒，雖然努力用委婉的方式表達，但仍然無法改變琴美說不要五十二的事實。五十二再度背對著我們，不知道他的神色如何。

「這不太妙吧。」美晴聽完後皺起眉頭說：「我覺得應該報警。如果那個叫琴美的人聲稱『兒子被人綁架了』，就會對妳很不利。既然他身上有瘀青，就應該趁瘀青還沒有消退之前帶他去報警。一旦有證據可以證明他被家暴，他的母親就會遭到逮捕，就可以把他送去兒少之家之類的地方。」

聽到「啪噹」一聲，抬頭一看，五十二站在那裡看著我們。他剛才可能在裝泥土，花盆碎成兩半，裡面的泥土都倒在地上。快哭出來的五十二搖著頭。

「別擔心。」我對五十二笑笑，然後對美晴說：「不能這麼做。我已經答應他，要帶他去找能夠讓他用自己的聲音說話的人，不能交給警察就了事。」

「但是——」美晴沒有說完，我就打斷她。「我想這麼做，必須這麼做。」

美晴陷入沉思，暫時沒有說話，然後開口：

「五天。如果只有五天，我可以保密，必須在這段期間內決定他的去處。」

「什麼？為什麼是五天？」

我問她從哪裡得出這個數字，美晴回答說：「那是安安把妳從家裡救出來所花費的天數。從發現妳到把妳從家裡救出來，花費了這些時間。在這段期間內，我不會告訴別人，可以提供全面的協助，但如果超過這個天數，就必須去報警。因為我覺得浪費時間無論對妳或是對他都沒有意義。」

美晴說的話應該很正確，如果只是在這個家裡虛度時光，無法解決任何問題，但五天的時間未免太短了。

「好，那我們先去北九州。」

美晴聽我這麼說，錯愕地問：

「哪裡？」

幾個小時後，我們站在小倉車站的月台上。

我們搭計程車去車站，然後又搭了好幾個小時的電車，從東京千里迢迢來找我的美晴因為舟車勞頓，慘叫著說她已經腰痠背痛。

「我已經快三十了，簡直累死我了，我不行了。」

「今天就先找一家飯店住下來。」

天空已經被染成橘色，小倉車站比我想像中更大，附近有很多高樓，站在月台，就看到好幾家飯店，應該不愁找不到地方投宿。
「美晴，妳用妳的手機查一下飯店。」
「好啦好啦，貴瑚，妳為什麼把手機解約了？妳的電話打不通時，我真的以為妳死了。」
「等一下再聽妳說這些，妳先查飯店。」
美晴坐在月台的長椅上，嘟著嘴開始找飯店。我問正在看街景的五十二：「你對這片景色有印象嗎？」五十二指著離車站不遠的摩天輪，夕陽照耀著紅色摩天輪。
「你去過那裡嗎？」
我問，五十二帶著寂寞點點頭。他曾經和誰一起坐過摩天輪嗎？
「等一下要不要去看看？」
五十二搖搖頭，然後轉身背對著我。
「訂好飯店了，從這裡走路過去只要五分鐘。趕快去飯店，我的腰快斷了！」
美晴發出慘叫般的聲音。
小倉車站很特殊，輕軌路線從車站大樓筆直向前延伸。我們沿著輕軌的軌道走在路上，美晴看著高度開發的街道說：「我第一次來這裡，沒想到很都市化。」

「五十二，你以前住在這裡嗎？那搬去那種鳥不生蛋的鄉下地方，一定覺得很不方便吧？」

經過沿途幾個小時的相處，美晴已經習慣五十二不說話了，而且好像對眼前的狀況樂在其中，我發現她還是像以前一樣身段柔軟而堅強。我努力想要堅強，卻遲遲無法如願，只能胡亂掙扎，她在我眼中永遠都那麼閃耀。

飯店在車站附近，比想像中更乾淨。美晴訂了有兩張床和一張沙發床的三人房，室內很寬敞。美晴倒在靠窗的床上，嘆著氣說：「累死我了。」五十二拘謹地坐在沙發床上。

「是不是叫馬借？我們明天去那裡看看。」

我坐在另一張床上，美晴猛然坐起來說：「趁還有體力，先去買晚餐，剛才看到很多餐廳，我們去買外食回來吃，我想喝啤酒耍廢！」

「的確沒有體力去外面吃飯了，五十二，你呢？要不要一起去？」

五十二搖搖頭，躺了下來，於是我和美晴兩個人一起走出房間。飯店附近有很多餐廳，外帶的選項很豐富。我們買了各種食物，然後又去超商買啤酒。我正在思考，要不要買近藤商店買不到的當地啤酒，美晴竊聲笑了。

「幹嘛突然笑？」

「沒有啦，我總算比較放心了，妳還活著。就買這個啦。」美晴把當地啤酒放進購物籃後繼續說道，「看到妳想要幫助別人，我真的很高興。妳之前在醫院時，簡直就像快死了一樣。」

「對啊。」我也小聲笑了，當時我的確徘徊在生死邊緣。

「貴瑚，妳為什麼要殺新名？」

聽到美晴這麼問，我原本正在確認啤酒品牌的指尖停下來，但沒有看美晴。「我之前不是已經說過了嗎？他背叛了我，於是拿刀想殺他。」

「不，我覺得這不是真正的理由……」

「我要買果汁給五十二。」

我大聲說完，走向果汁的貨架。我把幾瓶寶特瓶果汁放進購物籃，又隨手抓起幾袋零食放進去。美晴見狀，什麼都沒說。

那天晚上，簡直就像是小型的派對。五十二看到吃不完的食物、零食和果汁，露出了一絲開心的表情，美晴說著：「紀念重逢！」大口喝著啤酒。我也難得比平時喝了更多啤酒，當我回過神時，發現自己倒在床上睡著了。

隔天，三個人早早起床，走出飯店。我們猜想不可能一天就解決，於是又續訂了一天住宿，但不知道結果究竟如何。無論如何都要避免浪費美晴提出的時限，只是目前完全看不到未來的發展，內心不由得感到不安。

「這麼早就這麼熱，對宿醉的人來說，這陽光也太強了。」

美晴仰望著天空說。她前一天的酒還沒有完全醒，沒有力氣化妝，只擦了防曬乳。我和她一樣，抬頭看著天空。

這裡的陽光似乎比海邊的城鎮更猛烈，被烤焦的柏油路冒著熱氣。美晴用手機確認了地圖後，說走路就可以到，於是我們決定走過去。

五十二默然不語地跟在我們身後。他看著眼前的街道，完全沒有任何反應，不知道我們是不是走在他記憶中的街道。

「五十二，你奶奶姓『末長』，對不對？」

我問他，他用力點頭。

「五十二，你和貴瑚很像。」

美晴轉頭看著五十二小聲說道。

「是嗎？」我問她。

「完全沒有任何期待。雖然期待，卻又無法期待的感覺，一看就知道曾經受過很多傷。」

我忍不住摸著自己的臉。美晴對著我輕聲笑了笑說：

「是不是叫千穗姑姑？真希望可以找到她。」

「……是啊。」

天氣太熱，汗如雨下。我們在半路買了寶特瓶裝的茶，盡可能走在陰涼的地方。穿越雜亂的餐飲街後，似乎來到五十二熟悉的地方，他走到我們前面。五十二經過寬敞道路兩旁有許多商家的大路，走進一條小巷。接著又穿過了掛著破舊招牌的汽車旅館旁的小路，經過只有長椅的小公園，終於來到一棟老舊的透天厝。幾乎快腐爛的門內，雜草又高又茂密。木製門牌上的字有點模糊，但可以看到『末長』兩個字。

「這裡嗎？」

我問。五十二點點頭，踩著雜草，走到玄關，按了一次又一次門鈴。不知道門鈴是否壞了，完全沒有聽到任何聲音。無奈之下，我只好站在五十二身旁敲著門。

「有人在嗎？有人在嗎？」

屋內完全沒有動靜，看向旁邊的窗戶，只看到褪色的窗簾，看不到屋內的狀況。

「有人在嗎？」

我叫了好幾次，美晴說：「看起來沒有人住在這裡，而且雜草沒有踩過的痕跡，應該沒有人。」

我擦著汗，抬頭看著房子，正在思考該怎麼辦時，聽到一個聲音：「是小愛嗎？」回頭一看，一個駝背的老婆婆走過來問：「你是小愛吧？長這麼大了，你怎麼會在這裡？」

「妳認識五十……妳認識這個孩子嗎？」

美晴問，老婆婆皺著眉頭，懷疑地看著我們問：

「妳們是誰？」

「因為某些原因，我們正在找他的親戚，所以……」

「喔，我知道了！是不是那個女人拋棄了這個孩子？」

老婆婆生氣地說。她尖銳的聲音讓我感到驚訝，她抓著五十二的手，大聲地說：「那個女人真是太惡劣了，我之前就說，應該去報警。」然後，她仔細打量著五十二，用溫柔的語氣問：

「小愛，你現在會說話了嗎？千穗一直很擔心你，每次都哭著說找不到你。」

「呃、那個，不好意思，可不可以請妳告訴我們是什麼情況？」

我慌忙跑到老婆婆面前問。

「我目前代替他的母親照顧他，但完全不瞭解他的狀況，然後他告訴我這個地方。」

老婆婆看著五十二，五十二點頭表示肯定，她全身因深深嘆息而顫抖，然後對我說：

「那去我家吧，我家就在這附近。小愛，你也一起來，你以前很愛喝我做的梅子汁，我請你喝。」

我和美晴互看一眼，點點頭。也許事情可以有順利的進展，說不定可以把五十二送到愛他的人手上。

但是，我們很快就知道這種想法太天真了。

「她去世了嗎？」

「她被瞌睡司機的車子撞到，當場死亡。」

五十二的姑姑千穗去年因車禍死亡。在她的母親真紀子前一年生病去世之後，她獨自住在那棟房子內。

「小愛的爸爸——就是千穗的哥哥武彥——是一個浪蕩子，他把人家高中生的肚子搞大，於是就帶回家說要結婚，但他整天遊手好閒，只會玩女人。如果武彥的爸爸還活著，就會好好管教他，可惜他爸爸很早就死了。在小愛兩歲的時候，武彥就沒有再回家。真紀子聽說他迷上中洲的女人，兩個人同居了，於是就帶著媳婦一起去找他，結果被他毫不客氣地趕回來。回來的時候，婆媳兩人都被打得鼻青臉腫。」

老婆婆——藤江婆婆一臉愁容，告訴我們這些事。琴美苦苦等待在外面尋花問柳的丈夫，在末長家照顧兒子長大。起初和婆婆真紀子和小姑千穗的關係很融洽，還去超市做收銀的工作貼補家計。

我猜想琴美起初也很努力，並非不曾為丈夫和孩子堅持過，但即使這麼努力，仍然遭到丈夫的背叛和家暴，她整個人都變了。

「她辭去超市的工作後，就去酒店上班。她長得很漂亮，在那種地方應該整天被男人捧在手心，所以她漸漸很少回家了，偶爾坐著男人的車回來，神氣活現地拿錢回來，說是養育費。真紀子和千穗都覺得小孩子很無辜，努力照顧小愛，我也經常幫忙。」

藤江婆婆住在末長家附近的木造公寓內，她的丈夫可能已經去世，狹小的房間角落設有一座小佛壇。五十二坐在佛壇旁，把玩著裝了梅子汁的杯子。藤江婆婆看著五十二，瞇起眼睛。

「這個孩子開口說話比較晚，遲遲沒有開口說話，真紀子很擔心，帶他去很多家醫院檢查。他在三歲過後，才終於會叫『奶奶』。大家都很高興，但是那個女人很生氣，質問小愛為什麼不會叫『媽媽』。她根本不在家，小愛要叫誰啊？沒想到那個女人怒氣沖天……竟然用香菸燙小愛的舌頭。」

「啊！」美晴輕輕發出慘叫聲，藤江婆婆所說的事太可怕了，我無法做出任何反應，只能轉動眼珠子看向五十二，他把杯子裡的冰塊含在嘴裡玩。

「真紀子帶小愛去醫院時，只能騙醫生說是他自己不小心把菸灰缸裡點燃的香菸放進嘴裡。我問她為什麼要說這種謊，應該要報警，她哭著說不能讓小愛的父母變成罪犯。但是那天之後，小愛就再也不說話了，都是那個女人害的。那個女人奪走了小愛的說話能力。」

藤江婆婆似乎太感慨，埋在皺紋堆中的眼睛流下淚水。她婉拒美晴遞上的手帕，從桌上的面紙盒裡抽出面紙擦拭著眼淚。

「那個女人可能知道自己闖了大禍，之後就沒再出現。真紀子和千穗兩個人一直用心照顧小愛，但真紀子在前年得了癌症去世。千穗雖然要出門工作，但她說會努力獨自照顧小愛，沒想到那個女人突然出現，把小愛帶走。她八成是為了真紀子替小愛留下的那些錢和育兒津貼，千穗對她說，妳沒辦法照顧孩子，把孩子留下來，但那個女人帶著男人一起上門，千穗敵不過他們。」

之後，千穗千方百計尋找五十二的下落，但在找五十二的時候車禍身亡了。

藤江婆婆從抽屜裡拿出一張照片出示在我們面前。那是一張幸福的家庭照。照片中有一個看起來有點年紀，但氣質高雅的女人，還有一個二十多歲的女人，比現在年幼的五十二張嘴對著鏡頭露出笑容。三個人在紅色摩天輪前抱在一起的樣子看起來感情很好，我也差一點跟著微笑。

「啊，這個摩天輪。」

我覺得在哪裡看過這個摩天輪，忍不住看向藤江婆婆，她告訴我：「就是附近恰城的摩天輪。」聽說那個摩天輪是購物中心的標誌。

五十二在月台上滿臉落寞地注視著摩天輪，是不是想起了再也找不回來的幸福？我注視著五十二臉上純潔的笑容，從他目前的樣子，難以想像他會露出這樣的笑容。

「妳們看看照片的背面。」

聽到藤江婆婆這麼說，我把照片翻了過來，發現上面用漂亮的字跡寫著手機號碼、末長千穗和愛這個字。

「千穗四處發照片，希望有人看到這個孩子後和她聯絡。雖然我搞不太清楚，聽說她還在網路上找人。」

千穗車禍身亡時，皮包裡有好幾張和五十二合影的這張照片。我看著一筆一畫的工整字跡，想像著千穗這個人。她一定帶著祈禱的心情寫這些事，希望可以傳遞給失去聯絡的孩子。

「真希望小愛能夠早一點回來，千穗看到他，不知道有多高興。」

藤江婆婆嗚咽起來，五十二靜靜地坐在那裡，聽著藤江婆婆的哭泣聲。

當他在便條紙上寫下『我想見千穗姑姑』這行字時，他哭得全身顫抖。此刻默默接受了千穗姑姑的死，他骨瘦如柴的身體承受著我無法想像的悲傷，我不禁感到害怕，很擔心那些悲傷會撐破他的身體，他會死去。

「……請問，這個『愛』該不會是他的名字？」

我指著寫在千穗名字旁邊的『愛』這個字問，藤江婆婆擦擦眼淚說：「不是『ai』，是『itoshi』，雖寫成『愛』，但這個字要發『itoshi』的音。真是諷刺了，他的父母根本沒有愛。」

「笨蛋，」美晴嘀咕著，「那是把孩子視為自己所有物的典型笨蛋。」我對無法再用這個名字叫五十二的琴美感到憤怒。當初為他取這個名字時應該充滿愛，但她竟然捨棄這份愛，簡直太悲哀了。

「請問末長家的墳墓在哪裡？至少可以去祭拜一下。」

美晴問，藤江婆婆搖搖頭說：

「一個自稱是武彥朋友的人出現，然後就處理了所有的事。聽說會埋在哪一家寺院的集體墳墓，但我自己在拜真紀子和千穗，我想我家的老頭子會很開心，覺得很熱鬧。」

藤江婆婆指向佛壇，於是我起身走過去。佛壇上供了三個茶杯，有一個牌位，藤江婆婆剛才給我們看的照片放在相框內。五十二來到我身旁，拿起照片端詳著，照片中的景象出現在他那雙像玻璃珠般的眼眸中。

「藤江婆婆，剛才那張照片可以給我們嗎？」我問。

「當然沒問題。」藤江婆婆點頭說。

我和藤江婆婆互留電話後道別，美晴說，如果有需要，希望她可以證明琴美曾經有虐待行為，藤江婆婆點頭說，絕對沒問題。

「我也清楚記得小愛被燙傷時送去的那家醫院，我的腦袋還很清楚，隨時都沒問題。」

藤江婆婆緊緊抱著五十二，一次又一次對他說「對不起」。對不起，我很想可以把你接到身邊照顧，但我靠年金過日子，沒有能力照顧你，真的對不起。五十二輕輕撫摸著抱著他的藤江婆婆的後背，似乎在請她放心。

回程的路上，三個人都沒有說話，沒有擦拭不停流下的汗水，一個勁地走回飯店。我緊緊握著五十二的手，五十二抬頭看著我，似乎想要說什麼，我簡短地對他說：

「我會叫你五十二。」

他沒有告訴我他的本名，是因為他無法接受自己的名字，我當然不可能輕易叫那個名字。所以，現在我絕不會用那個名字稱呼他。五十二有點困惑，然後點了點頭。

「而且，我現在不會放開你的手。」

我覺得一旦放開手，這個沒有流一滴眼淚的孩子就會死去。

回到飯店後，五十二向我伸出手。「什麼？」我問他。他做出了把耳機塞進耳朵的動作，於是我把MP3遞給他。他把耳機塞進耳朵後，躺在沙發床上，一動不動地注視著藤江婆婆給我們的照片。

「真希望至少可以去掃墓。」

美晴在盥洗室洗著滿是汗水的臉，小聲對我說，但我沒有點頭。目前還沒有接受她們的死亡，即使站在墓碑前，又能夠說什麼？只會徒增絕望。

「貴瑚，妳接下來有什麼打算？」

美晴壓低聲音問，我搖搖頭。我原本一心想著要找到千穗，完全沒想到她竟然死了。聽了藤江婆婆的話，也無法指望那個應該還活著的父親。

「無論如何，明天先回大分再說，之後的事，回去後再考慮。」

我忍不住感到沮喪，嘆口氣，美晴丟了一罐冰箱內剩下的罐裝啤酒過來。她拉開自己那罐啤酒的拉環，我打開啤酒。隨著「噗咻」的暢快聲音，氣泡溢了出來。

冰冷的液體帶著輕微的刺激流入喉嚨，但完全感受不到任何味道，不過我仍然慢慢喝著，美晴小聲嘟囔說：「原來她已經很不錯了。」我抬頭看著她，她補充說：「我是說我媽，我小時候無法原諒她。那時她突然和一個我不認識的叔叔開始生活，然後還大剌剌地生下妹妹。她明明是母親，卻展現女人的部分，讓我覺得她很噁心……不，我應該當面嗆過她。她雖然和我吵架，但仍然養育我長大。當然有發生過不愉快的事，但至少我沒有承受過會讓我失去說話能力的悲傷。」

美晴看著五十二。不知道是因為耳機的聲音很大聲，還是他在專心看照片，似乎並沒有聽到美晴說的話。

「我覺得自己很幸運。除了我媽以外，還遇到很多好人，所以現在能夠笑著過日子。我因為這樣，希望自己可以當一個好人。我希望能夠成為好人，讓那孩子在長大時，能夠笑著過日子。」

美晴深有感慨地說，我看著她附和說：「是啊。」我希望自己可以成為他邁向幸福的一部分。

「安安對妳來說，也是這樣的『好人』嗎？」

美晴改變了說話的語調，我看著她。

「妳之前說，新名是妳的真命天子，是妳的靈魂伴侶，那安安呢？他就只是『好人』而已嗎？」

「妳有話就直說，妳到底想說什麼？」

盤腿坐在床上的美晴舔了一口啤酒罐，然後下定決心地看著我。

「我知道安安已經死了。貴瑚，妳知道嗎？」

拉起一半窗簾的房間內有點昏暗，我們坐在各自的床上注視彼此。美晴完全沒有移開視線，似乎在等待我的回答，我終於知道，她來找我的目的，就是為了確認這件事。她是要我承認自己的罪行嗎？我腦海中閃過『定罪』這兩個字。一旦犯下罪，就必須向他人坦承，然後遭到制裁嗎？

「……我知道。」

美晴應該已經知道這件事，她的眼神中沒有絲毫的驚訝，我又繼續說道：

「因為是我發現的。」

我似乎聽到美晴倒吸一口氣的聲音。

他當時看起來像在游泳，在鮮紅色浴缸內微微晃動的臉很平靜，好像只要搖動他，他就會睜開眼睛。如果水很清澈，一定會以為他只是睡著了。但是，他死在一片紅色的海洋中。

聽說紅色是憤怒的顏色。如果安安在憤怒中死去，那一定是我害的。

5

難以彌補的錯誤

搬離老家，季節都輪了一圈之後，生活才終於上了軌道。我已經適應和美音子之間的關係，在工廠結交到幾個同年紀的朋友。以淚洗面的夜晚漸漸減少，臉上的笑容增加了。記事本上有許多未來的安排，有時候假日時還必須取捨。我充分感受到什麼是充實。

我、安安和美晴三個人的關係仍然很好，但是他們在補習班工作，經常工作到深夜，和傍晚就下班的我在時間上很難配合，而且排班的型態並不一樣，所以一個月最多只能見到一次，但我在找到工作後就買了智慧型手機，他們經常傳訊息給我，我覺得他們隨時都陪伴在我身旁，而且如果我實在寂寞難耐時，他們其中一人就會擠出時間來找我。

那是在夏天快結束的時候，我們三個人相隔兩個月，終於又見了面。由於補習班有暑期補習，所以安安一直都很忙，很長時間沒有見面。

「豆粉，妳現在很開朗，和第一次見到妳時，簡直判若兩人。」

「其實這才是真正的她，她以前很毒舌，經常罵得班上的男生都不敢再說話。」

「等一下，那不是妳嗎？不要亂篡改回憶。」

見面的地點就是我們三個人第一次去的那家便宜居酒屋。那家居酒屋價格很實惠，而且餐點都很好吃，我們經常約在那裡。店裡很熱鬧，聽不太清楚彼此的說話聲，大家都扯著嗓子說話，這一點深得我心。

「對了，妳和美音子不再分租房子了嗎？」

「對啊，她說打算回老家。」

雖然工廠有一個同事說，她想和我一起分租，但我拒絕了。那個同事人很好，只是太黏人了，即使在上班時間，如果不和她一起去食堂或廁所，她就會不高興。我不希望下班之後，還必須整天和她形影不離，而且我相信一旦和她住在一起，就無法奢望能夠擁有像和美音子同住時那樣的平靜生活。既然這樣，我決定一個人住。

「我存了一些錢，所以目前正在找房租便宜的公寓。」

「這樣啊，所以妳真正獨立自主了。」

美晴拿起大啤酒杯，深有感慨地說，我笑了起來。

「之前什麼事都靠美音子幫忙，老實說，我很擔心自己沒辦法一個人生活。」

當我想到一開始覺得帶有一些惹人厭意味的罐裝啤酒已經不會再滾進房間，就感到很寂寞。我必須保持精神處於安定的狀態。

「那要不要和安安一起住？」美晴笑著說。

「什麼？」我發出錯愕的聲音，「照理說應該和妳同住，而不是安安吧？」

「我要以阿匠為優先。」

美晴呵呵笑了。幾個月前，她開始和補習班附近一家髮廊的男生交往。聽說她在下班回家的路上遇到對方，對方邀請她擔任髮模，之後兩個人越走越近。對方名叫阿匠，我曾經和比我們小一歲的他一起去吃過飯，他就像馬爾濟斯一樣很可愛，而且很愛美晴。

「我希望隨時可以讓阿匠過夜，沒辦法和妳分租。」

「妳竟然見色忘友。」

我故意嘲笑她，但其實我很高興看到美晴得到幸福。美晴又說了一次：「妳就和安安一起住啊。安安和我不一樣，馬上可以接受妳。安安，我說得對不對？」

美晴問安安，我立刻說：「妳別亂說，我怎麼可以這麼麻煩他？他會很困擾。」

安安笑了笑，喝著高球雞尾酒，既沒有說沒這回事，也沒說的確很困擾。

「會嗎？」

美晴嘟著嘴看著安安，安安在她的注視下，慢條斯理地說：

「這個嘛，如果和豆粉住在一起，恐怕會增加很多酒錢，搞不好會困擾。」

「啊，好過分，我才沒有喝那麼多酒！」

「不不不，我沒想到妳酒量這麼好。起初只喝半杯啤酒臉就通紅了，真懷念那個時候。如果是那個時候的妳，我倒是可以考慮一下。」

「太過分了！啊，小姐，再給我一杯啤酒！」

「這個時候還點什麼酒！」

美晴吐槽我，我學不二家娃娃吐著舌頭扮鬼臉。安安看到我，笑著說：「很可愛、很可愛。」我們和平時一樣度過了快樂的時光，還沒有道別，我就已經開始期待下一次見面。

吃完飯，安安送我和美晴去車站。我和美晴住得很近，一起走回家裡。由於喝了很多酒，有點飄飄然，和美晴聊著工廠內的一個大叔很好笑，美晴平時都會笑著聽我說話，但那天她有些陰鬱，好像在想什麼心事，我問她怎麼了，美晴嚴肅地看著我問：

「貴瑚，妳和安安到底是怎麼回事？」

「什麼怎麼回事？妳不是知道我們兩個月沒見面了嗎？」

「我不是問這個，你們不打算交往嗎？」

美晴語氣相當認真，我噗嗤一聲笑出來。我和安安交往？

「美晴，妳在說什麼啊？妳因為自己很幸福，所以就想撮合我們嗎？可惜我和安安並不是這種關係。」

安安對我來說是特別的人。我很尊敬他，如果遇到什麼問題，會最先找他幫忙。如果問我喜不喜歡他，我會回答超喜歡，甚至可以說很愛他。

但那並不是戀愛感情，並不是那種會輕易改變、不可靠的感情。說起來有點像是孩子愛慕父母的感情。雖然這麼說有點誇張，但也可以說像是在崇拜神明。

「我認為安安沒有把我當作戀愛對象，更何況當初不是妳說他人很好嗎？他是因為心地很善良才會幫助我，基於他的善良，所以一直默默守護我自立自強。」

「真的是這樣嗎？」美晴難以接受，「起初我以為是這樣，但是想到他至今為止為妳所做的一切，一定是喜歡妳，才有辦法這麼做。」

「因為安安是麵包超人嘛。」

我從第一次就覺得他就像麵包超人，這種感覺始終沒變。他很溫柔善良，很堅強。

「而且我從來不覺得安安對我有這種感情。」

即使我喝醉酒時抱他，或是趁著醉意親他的臉頰，安安總是靜靜地笑著。雖然他會抱我，但他的手很溫柔，好像在觸碰什麼柔軟的東西。如果他對我有這種感情，應該會有不同的反應——比方說，抱我的時候手會更加用力之類的。我缺乏戀愛經驗，所以這只是我的想像。

「我們都是成年的男女，我能夠理解美晴妳很在意，但希望妳不要在安安面前說這種事，如果安安開始在意，我和他之間的關係可能就會變得很尷尬。」

「嗯，我知道。但是……比方說，如果安安交了女朋友，妳會有什麼感覺？到時候會不會覺得其實自己很喜歡他？」

「我想應該不會，但也許會覺得很不甘心，畢竟他對我來說是很重要的人，但他卻有了另一個比我更重要的人。」

光是想像，就覺得內心深處很寂寞，但是如果真的有那麼一天，我希望能夠全心祝福他。

「嗯，這樣啊，所以妳真的沒有把他視為戀愛對象。」

「我不是說了嗎？他對我來說，不是這種程度的存在。」

為什麼無法理解呢？我忍不住鼓起臉頰。對我來說，安安太特別了，反而很不希望別人用這種世俗的眼光看他。美晴苦笑著說：「知道了，知道了。」又聳聳肩說：

「以後不會再說了。你們之間不是這種關係，OK？」

「OK，OK。」

夏末的夜晚很悶熱，不知道哪裡飄來煙火的味道。抬頭仰望天空，紅色的紫薇在夜晚格外鮮豔，有幾顆小星星在紫薇後方眨眼，預告明天也是一個晴天。

我趁著醉意，抓起美晴的手，像小孩子一樣甩著手走路。我哼著歌，美晴笑了起來，我也跟著笑了。那是一個稀鬆平常的夏日。

✦

那個夏天的兩年後，我遇見了新名主稅。主稅工作能力很強，很能幹，他是我任職的那家公司的專務董事，他的祖父是會長，父親是社長，他是家族企業的繼承人。

在這家超過兩百名員工的公司內，主稅是年輕的王子。聽說他在求學時代打橄欖球，身材很魁梧，他的母親曾經在選美比賽中進入決賽，他的俊美五官繼承了母親的基因。他為人豪爽，爽朗的笑聲似乎充分體現這一點。他比我年長八歲，公司內大部分女生應該都對他有好感。

他工作很忙，整天在公司外奔波，和在工廠角落做焊接工作的我完全沒有任何交集。我對只知道名字，連長相都只有模糊印象的專務沒什麼興趣，照理說，我的人生和主稅的人生完全不會有剎那的交集。

一場意外讓我們的人生產生交集。

有一天，我在食堂吃午餐，同組的年輕男生突然發生爭執。他們平時就經常開玩笑互虧，這一天可能其中一人心情不好，於是就大聲吵了起來。剛好在其他桌子吃飯的主稅上前勸說，但那兩個年輕男生越吵越激動，甚至和主稅發生衝突，最後其中一個人對著主稅大叫著：「你給我閃一邊去」，拿起鐵管椅丟向主稅。四周響起慘叫聲，但主稅輕輕鬆鬆地避開，只不過我站在他的身後，飛在半空的鐵管椅正中我的太陽穴。

當我恢復神志時，發現自己躺在醫院，快哭出來的美晴探頭看著我。

「妳還好嗎？我接到妳公司的電話就馬上趕來這裡，我嚇得心臟都快停了。」

我一時搞不清楚眼前的狀況，但隨即想起來了。鐵管椅打中我的頭，我倒在地上。幸好太陽穴只縫了幾針，聽說在食堂內流了一大灘血，嚇壞大家。

「一旦頭部受傷，就會流很多血。啊，但是好痛。」

不知道是不是倒在地上時撞到，除了頭以外，身體各處都很疼痛。美晴看到我皺起眉頭，告訴我說：「身體雖然有挫傷，但並沒有骨折。」

「是嗎？那就好，但妳怎麼會在這裡？」

「妳在說什麼啊，我不是妳的緊急聯絡人嗎？」

我這才想起剛進公司時，我曾經寫下美晴的手機號碼作為我的緊急聯絡人，交給公司，我徹底忘了這件事。

「喔，原來是這樣，對不起，給妳添麻煩了。」

「才沒這回事，啊，我去叫護理師，她剛才交代，妳醒了之後要通知她。」

美晴鬆了一口氣，走出病房，不一會兒，主稅走進來。他似乎不知道我已經醒了，一看到我，有些驚訝，然後鞠躬向我道歉：

「對不起！我完全沒有考慮到身後有人，真的很抱歉！」

「專務，這不是你的錯，那兩個人整天鬥嘴，年輕氣盛又血氣方剛。」

主稅聽到我的話，抬起頭。

「請你叫他們去捐血，作為這次的事的懲罰，可以順便幫助別人。」

主稅聽了我半開玩笑的話，噗哧一聲笑了。他笑得整張臉都擠成一團，我忍不住心跳加速。

「好，那我安排捐血車來我們公司。」

「好主意。」

「我要叫他們兩個人各捐一公升。」

我之前就聽說主稅個性爽朗，沒想到真的很健談。我們一起笑了，美晴和護理師一起走進病房告訴我，等一下醫生會來說明我目前的狀況。

「貴瑚，我在外面。我要打電話給安安，他也很擔心。」

「麻煩妳了，謝謝。」

美晴向主稅點頭打招呼後走出病房，主稅目送她離開後問我：「妳姊姊嗎？」

「她是我朋友，」我回答說：「基於某些理由，我沒有家人可以依靠。」

「喔，原來是這樣啊。」

醫生走進病房，告訴我要休息四十八小時，幾天後要回來拆線。當醫生說，不需要住院，可以回家休息時，我鬆了一口氣。

「那妳這個星期都可以休假，妳是在上班時間受傷，不必擔心請假的事。我今天有約，得先告辭了，我會再和妳聯絡。」

主稅說完，就匆匆離開。美晴陪我回到家，安安當天晚上就趕來看我，看到我頭上包著繃帶，他大驚失色地問：

「妳、妳真的沒事嗎？」

「只是包紮得有點誇張，而且美晴說今晚會留下來陪我，以防萬一，你不必擔心。」

我對安安露出笑容，他無力地癱坐下來。

「我擔心死了，怎麼會有人用椅子丟女生，簡直太離譜了。」

「是椅子剛好打中我，但醫生不讓我喝啤酒，說在傷口好之前都不能喝，這件事才更痛苦。」

我聳聳肩說，安安溫柔地對我說：「等妳傷口好了，妳要喝多少我都請妳。」他打量著我的房間後瞇起眼睛說：

「這是我第一次來妳家。」

「你是第一個來我家的男生，以後應該也只有你一個人。」

我隨口說道，安安輕輕笑笑說：「這樣啊。」

休假結束後回到公司上班，主稅帶著打架的那兩個人站在員工出入口迎接我。

「這是別開生面的迎接儀式嗎？」

主稅還沒有回答，那兩個同事就鞠躬說：「對不起，我們以為會被開除，專務告訴我們，是妳阻止他，說不必處罰得這麼重。」

「談不上阻止啦。」

在我休假期間，主稅曾經打電話給我，問我對處分他們的意見。

『你們是同一組的同事，妳一定會很害怕吧？我在想，可以把他們調去製造或是出貨部門，可以安排他們去我朋友的工廠，請他們離開公司。』

『讓他們留在原本的崗位就好。』

我說他們經常送我零食，說是打小鋼珠的獎品，我欠他們一份情。主稅聽了，在電話那一頭大聲笑了。雖然耳朵有點吃不消，但我並不會覺得不舒服。

「既然你們覺得欠我一份情，記得下次再帶零食給我。」

「下次帶GODIVA給妳。」

「啊哈哈，不用不用，吃那麼貴的巧克力，我可能會拉肚子。」

主稅面帶微笑地看著我們有說有笑。幾天後，不是那兩個年輕人，而是主稅拿給我一大盒GODIVA。

「為什麼給我？」

「沒為什麼，只是想看看妳高興的樣子。」

我看著高級的包裝盒沉思著，主稅好奇地打量我。

「我想看妳天真無邪開心的樣子，妳笑一笑啊。」

我的太陽穴還有四公分左右的紅腫，醫生說，可能會留下疤痕。雖然我盡可能用頭髮遮住，但似乎可以隱約看到，知道內情的同事都說「真可憐，女生好好一張臉破了相」，或許他也對這件事產生罪惡感，但明明不是他的過錯。我覺得他道歉的方式很瀟灑，有點感動，對他微笑。

「即使會拉肚子，我也會全都吃完，謝謝你。」

「很好，」主稅點點頭，「這個笑容很棒，吃完了告訴我，我再送妳。」

「吃這麼多會挑嘴，下次送我便宜的巧克力就好。」

「什麼嘛，真無趣。」

主稅開心地說，我認為收下巧克力之後，這次的事就完全解決了，但不知道主稅看上我哪一點，那天之後，經常來工廠找我聊天，當他落落大方地當著大家的面約我吃飯時，在場的所有人都大吃一驚。心地善良的人會說「簡直就像愛情小說的情節，太浪漫了」；嘴賤的人冷笑著說「原本以為他零缺點，沒想到他看女人這麼沒眼光，真是大扣分」。

我從小到大都沒有談過戀愛，只有高中時，班上有一個同學向我告白，但那個男生只要看到他媽媽幫他做的便當裡有他不喜歡吃的菜，就會心情很差，於是我很客氣地婉拒他。那次之後，就完全沒有這方面的經驗，因此主稅約我吃飯時，我不知道該怎麼回答。

「不錯啊，專務很帥，太羨慕妳了。」

「我看到那些坐辦公室的女人一臉不甘心的樣子就很開心，妳不覺得她們總是看不起我們嗎？」

「有道理，貴瑚，妳一定要答應專務。」

工廠內的朋友不問我的意見，就自顧自討論起來。充滿粉紅泡泡的氣氛讓我想起天真無邪的高中時代，感覺很開心。

「那我就去和專務吃飯。」

因為我也想感染粉紅泡泡的氣氛，於是這麼回答，並不是真的認為主稅看上我。他一定只是對我這個古怪的女生好奇，而且主稅約我時說：『妳太瘦了，有好好吃飯嗎？』然後又接著說：『我帶妳去我常去的烤肉店，那裡的牛雜很好吃』，因此也不能排除同情的可能性。

我和主稅去吃了一次飯之後，他陸續帶我去了很多地方。壽司、鐵板燒、他在外面跑業務時必定會光顧的烏龍麵店、雜誌上介紹的義大利餐廳，他每次請我吃飯都問：「好吃嗎？」只要我點頭，他就說：「是不是？」然後笑得擠出魚尾紋。

在經常和他一起吃飯之後的某一天，他帶我去他第一次簽到大訂單時去的高級日本餐廳。美麗的老闆娘迎接我們，當老闆娘帶我們走進可以看到日本庭園的包廂時，我忍不住看看自己的衣服。我穿成這樣會不會太失禮？我喝著從來沒喝過的餐前酒緊張不已，坐立難安。我有資格來這種地方嗎？主稅見我打量著裝盤很美的料理，因過度緊張而僵在那裡，開心地笑了。

「只是菜而已，但是很好吃，來，嘴巴張開。」

坐在上座的他探出身體，用木匙舀起蠶豆泥湯送進我嘴裡。我對蠶豆富有營養的甘甜和溫潤，以及入口即化的細膩口感驚訝不已，主稅開心地問我：

「有這麼好吃嗎？」

「我第一次吃，太好吃了。」

「貴瑚，妳真的什麼都不懂，但這樣很好，我會教妳很多事，妳就期待吧。」主稅說完，大笑起來。他的強悍讓我渾身顫抖，我確信他可以引領我進入一個之前完全陌生的世界。雖然我逃離了當年的廁所，但是我的世界仍然很狹小，他可以拓展我的世界。

那天晚上，我沒有拒絕他的吻，然後和他上了床。他在床上溫柔地抱著我，不斷說著「我喜歡妳」，簡直懷疑他把一輩子的份都說完了。他說看到我在醫院的病床上醒來時就想要我，一心只想擁有我，以後我也只能屬於他。

他說得好像小孩子想要玩具，但對我來說，這些話就像咒語，讓我渾身發燙，甚至對主稅有這樣的想法而自豪。雖然那天是在隨處可見的商務飯店，天花板也平淡無奇，但我看到恍如仙境的夜空。此時此刻，我被為我而存在的世界擁入懷中，我在持續開拓的世界中心。無比的幸福感讓我感到暈沉沉，覺得已經死而無憾了。

和主稅的交往充滿新發現。陌生的土地、陌生的味道和陌生的氣氛，每一件事都讓我感到新鮮，我對身處其中的自己緊張不已，卻又陶醉不已。主稅說這樣的我很可愛，並沒有排斥我。

「可不可以讓我見一見妳經常提到的好朋友？我想看看妳在公司外的樣子。」

我們交往半年後，主稅對我這麼說，我想了一下。我在公司外的朋友就只有美晴、安安和阿匠。

美晴和阿匠交往後，立刻把阿匠介紹給我們，阿匠看到我們的相處之後，很認同這樣的關係，然後滿臉笑容地看著我們說，很高興他能夠加入我們。

我終於要把主稅介紹給他們三個人了嗎？安安對我來說是很特別的人，現在才介紹他們認識，搞不好有點晚了。「你願意見他們嗎？」我問，主稅笑著說：「當然。」

主稅訂的那家餐廳是他朋友當主廚的西班牙酒吧，我們在包廂內享用主稅喜愛的葡萄酒和肉類料理，五個人的餐會起初看起來很和平。

「太驚訝了，貴瑚經常提到『安安』、『安安』，我還以為是女生，沒想到竟然是男人。」

主稅有幾分醉意後開始糾纏安安，原本他們並沒有坐在一起，他特地坐到安安身旁，說了好幾次「沒想到你是男人」，然後用力拍安安的背。問題似乎出在我之前沒有特地說明安安的性別，只說他是『特別的人』，主稅努力擠出笑容的臉上難掩煩躁。

「貴瑚和安安是超越男女的關係，我以前曾經想撮合他們，但完全白費力氣，他們對彼此似乎都沒有這種感情。」

美晴察覺到氣氛不太對勁，笑著問安安：「安安，我說得對不對？」安安可能也被主稅糾纏得很心煩，失去平時的鎮定，不耐煩地說：「不清楚欸，只是從來沒有特地考慮過這個問題。」

「……喔喔，所以你的意思是說，如果考慮的話，也不排除有這種可能性嗎？」

「這就不知道了。」

主稅平時向來不會無理取鬧，所以我猜想他應該對安安的事情很不高興。我對自己的愚蠢驚慌失措。主稅看到我和工廠的男同事說話，從來不會在意，我去和其他同事聚餐，他更不會皺一下眉頭，因此我沒有想到他會對我和其他男人關係密切感到不滿。而且正如美晴所說，對我來說，安安是超越性別的人，完全沒有想到安安的性別會成為問題。事後回想起來，其實早就知道事情不可能按照我一廂情願的方向發展，也很受不了自己幹了那種蠢事，但我當時覺得我最愛的安安和心愛的主稅如果能夠成為好朋友，那真是太好了，甚至覺得感動。我真的太愚蠢了。

主稅喝了口紅葡萄酒後對安安說：

「岡田先生，聽說是你告訴貴瑚『靈魂伴侶』這個詞，還說在她找到靈魂伴侶之前，你會守護她之類的，真是感人啊。」

垂頭喪氣的我大吃一驚。我想起之前曾經在床上和他提過這件事。主稅當時笑著說：『妳的靈魂伴侶當然就是我。』但現在的氣氛不適合提這件事。

「我才是貴瑚的靈魂伴侶。」

主稅好像在宣告般說道，安安完全沒有任何反應。他皺著眉頭喝著啤酒，嘀咕說：

「原來如此。可能是這樣，但也可能不是。」

我看到安安不悅的表情，很想哭。我希望可以得到安安的祝福，我希望他可以面帶笑容對我說：「豆粉，恭喜妳。」但因為我思慮不周，導致對我很重要的兩個人都生氣了。

美晴和阿匠努力擠出笑容，試圖轉移話題，我也對他們感到滿滿的歉意。我以為自己已經融入社會，高枕無憂，現在才知道還差得很遠。我缺乏體諒他人和判斷狀況的能力，我坐立難安，無地自容，差一點哭出來，聚餐就這樣結束了。

「我希望妳以後不要再和那個男人見面。」

主稅的優點，就在於他向來有話直說。他在說喜歡或是想要什麼的時候，完全不覺得害羞，會把不滿說出口。聚餐之後，主稅回到我家，比平時更粗暴地和我上床時，明確告訴我，安安的存在讓他感到很不舒服。

「我應該一開始就告訴你他是男人……」

我在他懷裡感受到近似絕望的感情，我犯了天大的錯誤，竟然無法再像以前一樣和安安見面。

「並不光是因為他是男人的關係。」主稅看著天花板說：「反正他讓我感到很不舒服，他八成喜歡妳。」

我聽到主稅充滿確定的口吻，驚訝地否認。

「不可能，剛才聚餐時，他會表現出攻擊的態度，是因為你對他生氣，所以他用這種方式反擊。」

「妳在說什麼啊，他一走進餐廳時，就一直瞪著我。」

「啊？」我忍不住叫了一聲，安安怎麼可能做這種事？

「他一直盯著我看，好像在觀察我。我是跑業務的，當然知道對方對我是怎樣的感情，那絕對是憎恨的目光。」

主稅回想著聚餐時的情景說，我聽後不寒而慄。這根本不是我所認識的安安，但主稅不可能說這種惡劣的謊言。

「總之，妳盡可能不要和他見面。無論如何都必須和他見面時，要先通知我，而且必須是美晴他們在場時，你們才能見面。」

「好……」

我很不甘願地點頭，主稅緊緊抱著我。我在他粗壯的臂腕中，感受著他的氣味和溫暖。

「對不起，破壞了今天聚餐的氣氛。」

「別這麼說，你這麼忙，謝謝你特地抽出時間。」

只要在主稅懷裡，我就會心蕩神馳，而且會有一種所有的事都會否極泰來，覺得自己無所不能的感覺。雖然我很在意安安，但他一定是今天剛好不舒服，或是有其他讓他不得不表現出這種行為的原因。過幾天他一定會和我聯絡，還可以修復和主稅之間的關係。沒問題，今天的事只是偶然。我伸手抱著主稅的身體，緊緊擁抱他，但是主稅輕輕推開我的手。

「我差不多該回家了。」

主稅從來不會在我家過夜。無論時間再晚，他都會回家。他說和他同住的母親身體很差，所以他很擔心。

主稅很快穿好衣服後，叫了計程車，摸著我的頭說，我可以繼續睡。這已經成為我們之間的固定模式。

「貴瑚，晚安。」

雖然我很想和他一起待到天亮，但我不能任性。我擠出笑容說：「晚安。」不知道主稅是否察覺到我的想法，還是只是巧合，準備離開的他轉頭對我說：「妳要不要考慮搬家？找一間保全更完善，而且可以放大床的房間，我們就可以好好休息。當然，搬家的費用我來負責。」

這該不會是他拐著彎求婚？我頓時很興奮，但主稅又接著說：「我想讓妳住在我伸手可及的地方，每次來這裡都很不方便，周圍的環境很吵雜，住起來不舒服，我不想久留。」

原來他並不是在向我求婚。我很失望，而且他的說法也讓我不高興，於是就鼓著臉頰說：「你說得我好像是你的床。」這簡直就在說，這個房間是為了迎接他而存在。

「妳當然不是床，是我心愛的女人。」主稅笑了，「計程車快到了，那我先走了，我會鎖門。」他走出去，門關上了，我聽到鎖門的聲音。

站在窗前低頭看向窗外，就可以看到主稅坐上計程車。我慢吞吞地下床，從窗簾縫隙悄悄目送他離去。之前他發現我半裸目送他，斥責我太沒有警戒心。主稅沒有發現我在看他，但回頭看一眼我房間的窗戶，坐上計程車離去。

「那我也來睡吧。」

我正準備回到床上睡覺，但忍不住停下。我好像看到了安安。

「啊？不會吧？」

我正想拉開窗簾，想到自己還半裸著，於是停下手。我從窗簾的縫隙慢慢往下看，並沒有看到安安的身影。

「一定是我看錯了。」

也許是因為我太在意，才會看到幻影。我嘆了一口氣，回到床上。

那天之後，安安明顯避著我。不回我的電子郵件，打電話給他沒接。我傳電子郵件給他，說想找他和美晴一起去喝酒，他也沒有回覆。美晴在補習班遇到他時，他只是冷冷地回答說：「我最近很忙。」原本以為可以很快修復和安安之間的關係，我顯然太天真了。

「原來安安才是那個在失去之後，才發現自己愛上妳的人。」

美晴在我們常去的那家平價居酒屋內鐵口直斷。這天只有我和美晴、阿匠三個人來喝酒，美晴一口氣喝了半杯啤酒後繼續說道：

「他看到新名出現在妳身旁，覺得嫉妒。一定就是這樣。」

「是嗎？」阿匠微微側著頭說，「我認為安安從一開始就把貴瑚視為女人。」

「啊？為什麼？」美晴問。

「總覺得他刻意和貴瑚之間拉出一條界線，」阿匠思考著該如何表達，然後又補充說：「好像在等待的感覺？」

「等待是什麼意思？我聽不懂你說的話。」

「就是安安可能在等貴瑚向他表白。」

我正在吃毛豆，聽到這句話，覺得很驚訝。怎麼可能有這種事？沒想到阿匠用充滿肯定的語氣說：「我之前就覺得，他是那種堅持等待的老頑固。」

阿匠自稱在戀愛方面是主動進攻的人，在追求比他年長的美晴時發動猛烈的攻勢。我們以前曾經聊過這個話題，我當時發出讚嘆，他得意地說：『女生就是漂亮的居城❶，我是正面進攻的戰國武將。』

阿匠表達他的看法，「安安不是武將，如果要說的話，他更像是希望被攻陷的居城，等待武將哪一天攻進來。」

「喔喔，我好像能夠理解。」

美晴喝著啤酒低喃著。

「我認識安安這麼多年，他似乎都會避開聯誼和相親之類的活動，他說他不想尋求這種方式的邂逅，還說不該去那種地方尋找自己的命運。」

「浪漫派的男人比我們想像中更多，」阿匠點點頭說，「我對妳一見鍾情，真的感覺到是命運的安排。」他深有感慨地放閃後對我說：

「聽說當初是安安在街上先看到妳，我猜安安對妳一見鍾情，覺得妳就是他命中註定的那個人。」

我和美晴互看一眼。雖然當時我們很驚訝時，安安半開玩笑說，因為他有邪念，所以才會幫助我。難道他那句話是出自真心？怎麼可能？

我和美晴都有點不知所措，阿匠繼續表達他的見解。

「只不過安安無法主動說出口，就一直在等待貴瑚向他告白。我認為八成就是這

❶ 指領主平常所居住的城。或是指領主作為據點的城。

樣。」

我的視線從自信滿滿的阿匠身上移開，低頭看著自己的手。我把玩著毛豆殼思考著。如果要用「命運」這個詞，我和安安的相遇，的確是命運的邂逅。如果當時沒有遇到他，就不會有現在的我，但我對安安的感情並不是男女之情。雖然我發自內心敬慕引領我走向第二人生的安安，但這種關係和性完全無關，難道安安在等待我的感情轉化嗎？

我陷入沉思，美晴對我說：

「這不是妳的錯。我一路看著你們的相處，如果真的有這種事，那就是安安的錯。從安安把妳帶離那個家，到妳生活安頓下來，說句不好聽的話，安安有很多機會可以趁虛而入。妳當時極其脆弱，全身渴望溫暖，如果安安當時說喜歡妳，我相信妳一定會欣然接受。」

我也這麼認為。如果安安當時對我說，他會以男朋友的身分陪伴在我身旁，我不知道會多高興，一定會欣然牽起他的手。

「但是，安安沒有這麼做。如果他不想自己開口，非要等妳向他告白，那也未免太被動了。」

我把毛豆殼丟進盤子，拿起滲著水珠的啤酒杯喝了起來。我覺得碳酸的刺激變弱了。

「我和安安之間就這樣結束了嗎？」

目前的我很愛主稅，希望可以永遠和他在一起。一旦我選擇和主稅在一起，我想安安可能不會再和我見面了。

「這也無可奈何。」

美晴語帶遺憾地說，「妳當然會交男朋友，之前他決定旁觀，看到妳交了男朋友，就覺得無法原諒，當然是他不對。不過我覺得安安之後應該會和妳聯絡，向妳道歉說之前很不好意思。」

阿匠也同意美晴的話。

「對啊對啊，別擔心，你們之間的關係不會這麼脆弱。」

他們的體貼讓我開心不少，我希望即使現在和安安之間的關係有點疏遠，有朝一日，仍然能夠像以前一樣有說有笑。如果安安笑著對我說：豆粉，妳那時候曬恩愛，讓我越看越火大，我會笑著對他說：對不起，我不該在你們面前放閃。

那天晚上，我接到了安安的電話。我有點醉意，躺在床上昏昏沉沉，在接起電話時，還以為是在做夢。

『豆粉，妳最近好嗎？』

安安溫柔的聲音傳入耳朵，他的聲音太溫柔，我不禁流下眼淚。我用手背擦著淚，才發現原來之前很寂寞。

「安安，安安，我跟你說，你聽我說……」

我有很多話想告訴他，卻無法說出口。我忍著嗚咽，思考著要怎麼表達，但他靜靜地說：『那個姓新名的男人可能會讓妳傷心，可能會讓妳流很多淚，這就是妳要的幸福嗎？』

「我聽不懂你的意思。主稅人很好，他真的很好。」

我每次喝醉酒，就會像傻瓜一樣重複相同的話，一次又一次告訴安安，主稅是好人。在說話的同時，想到阿匠說的話。我知道安安是因為喜歡我，才會說這種話，但還是不能理解我對安安的『喜歡』，和安安對我的『喜歡』是不同的性質。

『我能夠理解妳認為他是好人的心情，那我問妳，妳到底喜歡他什麼？』

安安平靜地問，我想了一下。我完全不瞭解安安真正的用意。我有很多話想對安安說，但不知道為什麼，一句話都說不出來。早知道不應該喝酒。

『妳喜歡他什麼？』

「呃……他的強悍可以帶領我走向更遼闊的世界吧？」

安安帶我來到全新的世界，但是主稅用力拓展了我的世界，讓我瞭解到世界比我想像中更寬廣、更美好。『這樣啊。』安安輕輕一笑。聽到他的笑聲，我終於鬆了一口氣，但還是搞不懂安安為什麼要問我這種問題。

「安安，我問你……你、喜歡、我嗎？」

我無法問他，我指的是男女之間的那種喜歡。安安沉默片刻後說：

『妳是很重要的人，所以我會一直祈禱妳得到幸福。』

既然他說祈禱，就代表並不是他自己帶來幸福。我這麼解讀他這句話，認為他只是擔心，希望我和主稅感情順利。他走進餐廳時瞪著主稅，以及和我保持距離，都是基於對主稅的不信任。或許是我自作多情，但我猜想安安只是在評估主稅是不是值得我託付的對象。我在內心吐槽阿匠：「你根本猜錯了。」下次見到阿匠，要抱怨他一下，他害我說錯話。

「嘿嘿嘿，安安，我也喜歡你，我們下次再像以前一樣，和美晴還有阿匠一起去喝酒。」

如果順利的話，主稅會參加。我正準備這麼說，但還是算了，覺得現在不該說這句話。

『真希望有這麼一天。那就先這樣。』

安安說完，不等我回答，就掛上電話。

「真奇怪。」

我本來打算回撥，想到現在已經是深夜，於是打消念頭。安安應該還會再打給我。我抱著手機睡著了。

但是，那天之後，就沒有再接到安安的聯絡。即使我打電話給他，他一直都不接。我漸漸感到不安，不知道是怎麼回事。沒想到，安安沒有跟美晴說一聲，就辭去了補習班的工作。

接到美晴的通知時，我正在和同事一起吃午餐。陽光照了進來，食堂內很明亮，很熱鬧。我看到主稅正在遠處的主管專用桌和客人坐在一起，客人比手畫腳地說話，主稅以親切的笑容附和著。

「妳說他辭職了，這是怎麼回事？」

『大家說他可能被挖角了，只是沒有人知道實情，我們都很驚訝。我想補習班老闆應該知道，但現在要保護個資，即使問了，應該也不會告訴我們。」

雖然隔著電話，但仍感受到美晴很生氣。美晴心浮氣躁地繼續告訴我：『安安在補習班內也避著我，我以為是因為妳的關係。我一向很支持妳，本來還打算如果他提出什麼意見，我就要和他好好討論，沒想到他竟然辭職了。』

我不禁茫然，和不經意看過來的主稅四目相對。他在沒有任何人察覺的剎那間對我微笑，平時總是令我竊喜不已的動作，此刻看起來有點黯淡。

『有一個同事說，晚一點會去安安的租屋處看一下，我想他應該不至於已經搬走了……』

我隱約覺得安安應該已經不住在那裡了。那他去了哪裡？回老家了嗎？啊啊，但是我對安安的瞭解並不深。回想起來，他從來沒有提過自己的家人和對往事的回憶。我之前都以為是因為我的家人對我很不好，他可能在我面前有所顧慮，但為什麼之前從來沒有問他？這樣根本沒辦法去找他。

『如果有什麼消息，我會馬上通知妳。萬一安安和妳聯絡，妳也要告訴我，我們都很擔心他。』

我和美晴通完電話後，立刻打電話給安安，但只聽到關機的語音提示。

「貴瑚，妳怎麼了？」

同事看到我臉色大變，探頭問我，上次那兩個脾氣火爆的人也在其中，他們都很擔心。

「妳身體不舒服嗎？下午要不要請假？」

「三島，妳不要太累了。」

我身邊的人都很關心我，我是怎麼走到今天的？我離開當年的廁所後，是怎麼走到這裡的？是誰帶我來到這裡？

我快哭出來了，但努力忍住。安安，你為什麼不告而別？

隔天晚上，美晴又打電話給我，告訴我安安已經搬離原本的租屋處。我並不意外，美晴支支吾吾地說：

『我同事去了他原來住的地方，問了房東很多問題，想打聽他的情況，結果房東只告訴我同事，安安提出要退租的時間。就是……就是和新名一起吃飯之後。』

「所以他是因為我。」

沒錯，安安是因為我才會有這麼劇烈的變化。我一片茫然，美晴加強語氣說：

『真的很過分，既然他喜歡妳到這麼想不開的程度，那就明明白白說出來啊。我越想越生氣，貴瑚，妳不必產生罪惡感，真是太莫名其妙了。』

美晴掛電話之前，好幾次要我別太在意。我看了手機中的電話簿，發現『安安』的名字在第一個。我看著他的名字，背後伸過來一隻手，搶走了我的手機。回頭一看，是來我家玩的主稅，他不由分說地刪除安安的名字。聽到刪除完成的冷冰冰聲音，主稅對我說：

「忘了他吧。」

「但是……」

「妳不是把妳的身世都告訴我了嗎？我很清楚他是妳很重要的恩人，但如果妳沒有遇到他，我也會遇到妳，我會把妳救出來，就這麼簡單。」

主稅斬釘截鐵地說，然後抱著我，能夠保護我避免受到任何人、任何事傷害的強壯手臂抱住我。

「我們只是遇到妳的順序有先有後而已，我相信無論妳在哪裡，我都會找到妳，我為妳做的絕對比他更多，妳不必認為遇見他是什麼奇蹟。」

主稅的勸說讓我心情平靜下來。我閉上眼睛想像，強悍的主稅去我家，要求媽媽對我放手。如果有這樣的過去，我會更幸福嗎？我會比現在更加認為主稅是我的靈魂伴侶嗎？但是，我無法回到過去，當初是安安救了我，這個事實絕對不可能改變。

之前丟鐵管椅的那個男生清水，他告訴我主稅已經訂婚的傳言。

「聽說他的未婚妻是社長朋友的女兒，他們同居已經超過五年了。專務之前不是約妳吃飯嗎？他應該是想劈腿吧？」

在我們有深入關係後，主稅曾問我：『妳有沒有把和我的事告訴同事？』在交往之前，我如實告訴同事，雖然主稅偶爾會約我吃飯，但並沒有任何實質的進展。我這麼回答主稅。於是他對我說：『之後可不可以也不要張揚？我們去吃飯問題不大，但如果是正式交往，我爸爸和爺爺就會很囉嗦。雖然我之後會告訴他們，但我認為目前時機還不夠成熟，而且公司的人說三道四很麻煩。』

他的話很有道理。之前他只是約我吃飯，就在公司內引起軒然大波，甚至有人針對我答應和主稅去吃飯這件事，批評我『利用專務不小心讓她受傷的罪惡感，真是太厚臉皮了』。如果知道我們開始交往，一定會引起更多議論，我不想被人在背後說三道四，就點頭答應主稅的要求，對公司的同事說『專務似乎對我沒興趣了』，那些同事雖然都嘟著嘴說『真沒勁』，但並沒有多問。

原來是這樣，我只是主稅的劈腿對象嗎？

我驚訝得說不出話，清水一臉得意地說：「基因太強大了。」我側著頭納悶，他笑了笑說：「社長不是也有情婦嗎？就是公司高層常去的那家高級日本餐廳的老闆娘，大家都知道她是和社長交往多年的情人。」

一定就是主稅帶我去的那家日本餐廳。主稅對迎接我們的老闆娘介紹說：『這是我喜歡的女生。』美麗的老闆娘滿面笑容地聽著，原來他是帶自己的劈腿對象去父親情婦的店。我根本搞不清楚狀況，還拚命向老闆娘鞠躬，真是滑稽可笑。

「聽說會長在外面也有女人，他們家的人道德倫理觀念都有問題吧。三島，妳幸好沒有和專務走得太近。」

清水像在分享趣聞，說完之後問我：『三島，先不說這個，改天要不要一起去吃飯？上次的事，還沒有好好向妳道歉？怎麼樣？』

我應該很客氣地婉拒他，但我不記得了。我的腦筋一片空白，甚至不知道怎麼撐到下班，然後回到家裡。當我回過神時，發現自己獨自茫然地坐在黑漆漆的房間內。不知道坐了多久，房間的門突然打開，主稅走進來。只有主稅和美晴有我家的備用鑰匙，我沒有力氣告訴美晴這件事，所以在門打開之前，我就知道是主稅。

「妳聽說了是嗎？」

主稅低頭看著癱坐在地上的我問道，我點點頭，他懊惱地說：「我很不希望妳用這種方式知道。我原本打算在適當的時機好好解釋清楚，但不知道為什麼，這消息一下子就傳開了。」

「……所以，那件事是真的？」

我冷靜地問。那件事既沒有搞錯，更不是謊言。主稅坐在我面前，握著我的手，然後直視著我。我在他的眼神中看到了真誠——雖然這麼說，聽起來像傻瓜，但我在他的眼中感受到誠意，因此以為他要和我分手。事到如今，他應該打算和我分手。

「我希望我們可以繼續維持目前的關係。」

我在等他提出分手，沒想到他明確地這麼對我說。

「我真的很愛妳，不想把妳交給任何人，但是我必須和其他女人結婚，我沒辦法不和麻巳子結婚。」

「啊？你在、說什麼……」

雖然他要和別人結婚，但仍然要維持和我之間的關係？雖然我理解這句話的意思，但感情上無法理解。我一動不動地坐在原地，主稅一把摟住我說：「我會帶給妳幸福。妳去租一間更好的房子，我希望妳可以在那裡等我，我一有時間就去找妳，和現在一樣，不，我會比現在更加愛妳。」

我被他抱在懷裡，想起了清水說的話。

『基因太強大了。』

啊啊，真的有所謂的『基因』嗎？我身上有『情婦』的基因，外婆憑著這個基因走過一生；媽媽雖然討厭這種基因，但也一度屈服。我一樣無法擺脫這種基因的命運嗎？

也許基因就是這麼強大，因為我明明這麼傷心，明明覺得必須拒絕，但聽到他這句話，我竟然感到喜悅，忍不住流下眼淚，慶幸他沒有拋棄我。

「……讓我考慮一下。」

我想起媽媽的背影，總算擠出了這句話。『千萬不能被情所困。如果我當時意志堅強，就不會有這種結果。』我似乎看到媽媽帶著嘆息說這番話的背影。

「我知道妳需要時間消化，但希望妳認真考慮。只要妳答應和我在一起，我會一輩子守護妳，我會給妳一個女人應有的幸福。」

主稅有可能做到嗎？他真的能夠同時帶給未婚妻和我幸福嗎？主稅的未婚妻知道

了一定會傷心難過，我遲早會恨他，希望他只屬於我。
但是幾天後，當主稅來我家時，我對他說：
「讓我留在你身旁，我不能沒有你。」
我在說話的同時流下淚水，我猜想這時對自己決定邁向情婦的人生感到悲哀。明明因為我是情婦生下的孩子，所以媽媽才不愛我，我竟然還想當別人的情婦，簡直是傻瓜，但我無論如何不想失去主稅。
主稅緊緊抱著哭得發抖的我說：「謝謝，或許我會帶給妳痛苦，但是，我的心永遠都在妳身旁。我心裡真正想的永遠都是妳。」
絕對是謊言，他一定對未婚妻說了同樣的話。我的腦袋深處這麼想，雖然嫉妒得快發瘋了，但我假裝沒有察覺。與其承受失去的恐懼，不如忍耐可以壓抑在內心的痛苦。主稅溫柔地和我上床，一次又一次呢喃會帶給我幸福。他說雖然不能給我婚戒，但要買戒指送我，還說挑選一個簡單的款式比較好，可以隨時戴在手上，我可以去挑選一個喜歡的。
我在主稅的懷抱中說我很高興，但內心忍不住想，這個男人太虛偽、太殘酷了，竟然還沒結婚，就已經有情婦了，但主稅充滿自信地認為，自己可以同時帶給兩個女人幸福。清水說得沒錯，他的道德倫理觀念應該有問題。畢竟他能夠笑著和他爸爸的情婦聊天，愚蠢的我竟然認為這就是他的強悍。我相信主稅無論用任何方式，都會繼續愛我。

我在主稅的建議下，搬到主稅和他未婚妻同居的公寓附近。那裡完全符合主稅之前的要求，比之前住的地方更大，保全更完善。當主稅送我的那張在兩個人躺在一起之後，仍然還有空間的大床搬進家裡時，我感到暈眩。這樣真的好嗎？我意識到自己在做離經叛道的事，這種罪惡感就像海浪般一波又一波襲來。現在還來得及。我一次又一次這麼想，但是，已經回不去了。我沒有告訴任何人自己選擇了這條路，甚至沒有告訴美晴。

主稅要求我辭去公司的工作，他說我可以去那家高級日本餐廳當服務生。我聽到這句話，不由得感到發毛。難道他們父子把女人養在同一個地方嗎？我拒絕了，說會自己找工作，他回答說，他會幫我找。因為，他不希望我在新的職場遇到奇怪的男人，而且會幫我挑選工作。

我成為主稅的情婦後，他立刻比之前更加束縛我。也許說束縛不太正確，更像是主張他的所有權。以前他曾經開玩笑說我是他的『寵物』，但我覺得他真的把我視為寵物。不，或許只是終於把我歸入了『情婦』的範疇。這是無法告訴別人，也無法證明的無形關係，因此才需要束縛。我想像著被無形的鎖鏈五花大綁的自己，覺得越來越沒有退路了。

「貴瑚，妳最近很奇怪，怎麼了嗎？」

諷刺的是，在安安不告而別之後，我和美晴、阿匠聚餐的次數反而增加了。我們三個人坐在常去的那家居酒屋，點了每次都會點的菜，三個人用啤酒乾了杯，美晴終於忍不住這麼問我。

「妳和新名交往不是很順利嗎？但我覺得每次見面，妳好像越來越陰鬱了。」美晴和阿匠擔心地看著我，我感受著他們的視線，笑著對他們說：「沒這回事。」我怎麼可能告訴他們，主税最近忙著準備和我以外的女人舉行婚禮，都沒空和我見面。

即使我努力捂住耳朵，只要去公司，就會聽到關於主税的事。聽說新娘在三年前就已經向設計師訂製婚紗，主税的父親，也就是社長，對他的未婚妻很滿意，像親生女兒般疼愛不已，新娘很漂亮，又很賢慧，很期待和主税結婚。

每次聽到他們的幸福生活，就覺得這種關係該結束，決定要向主稅提出分手，但是當他晚上突然出現，說很想念我，和我接吻時，這些話就黏在喉嚨深處，無法說出口。我在為了等待他而租的房間，每天晚上等待他心血來潮來見我。只要打開窗戶發呆，就會悲從中來，然後發現自己聽五十二赫茲鯨魚聲音的時間越來越長，但是，沒有人願意聽像我這種賤女人的聲音，不，這種聲音不要傳達給任何人也罷。

「對了，安安他……」

美晴好像突然想到似地說，我微微一顫。

「我們補習班的講師看到安安了。」

「真的嗎？」我驚訝地問。

美晴說：「雖然只是瞥到一眼，但他看起來並沒有變憔悴，不像是生活落魄的樣子。」每次想起安安，就會感到難過，因此聽到美晴的話，我鬆了一口氣。美晴溫柔地對我說：「真希望安安會聯絡我們。」我點點頭，但又覺得不聯絡比較好，我不希望安安知道我目前的情況。

我和美晴他們道別後回到家，發現主稅在等我。

「咦？咦？為什麼？我不是告訴你，我今天晚上會和美晴他們一起吃飯嗎？」

如果你事先告訴我今天晚上會來，我就會提早離開了。我正打算開口，但隨即打住。我發現主稅很嚴肅，和我知道他訂婚傳聞那天晚上一樣。

「……怎麼了？」

「我爸爸收到一封信，裡面寫了我和妳的關係。」

我的醉意一下子消失了，幾乎可以聽到體溫下降的聲音。

「上面甚至寫了我們的關係從什麼時候開始，還有這間公寓的事。」

「怎、怎麼會……啊，我、我可沒做這種事。」

他該不會懷疑是我做的？我慌忙向他解釋，他說：

「我知道。我怎麼可能懷疑妳？再說，寄信人還周到地寫明自己叫岡田安吾。」

我一陣暈眩，無法繼續站立，當場癱坐在地上，臉色應該已經變得蒼白。主稅看著我的臉說：「我一開始就知道他不是善類，我只是確認一下，妳沒有和他聯絡吧？」

我緩緩點點頭。

「美晴和阿匠應該沒有和安安聯絡，而且我沒有告訴任何人我已經搬來這裡。」

「如果是這樣，就代表他一直在我們周圍調查。」主稅用力咂著嘴說，「幸好那封信是寫給我爸爸，只有我爸爸看了那封信，他只是罵了我一頓，叫我要處理好這些事，目前並沒有傳到麻巳子和她家人的耳中。」

安安到底在想什麼？我一片混亂，點點頭。

「他可能會來找妳，妳要小心點。妳可以去美晴那裡住幾天，不然乾脆去住幾天飯店避避風頭也好。不，搞不好不出門才最安全，可以提醒管理員注意。」

主稅的聲音越來越遙遠。安安知道我搬來這裡，也許他曾經離我很近，只是我沒有發現而已，安安為什麼不直接找我？

「我想他一定是惱羞成怒，懷恨在心。」

主稅不悅地說，我抬起原本低著的頭。

「八成是因為妳沒有選擇他，而是選擇我，於是懷恨在心，然後無法原諒我們竟然維持著這種關係。」

「你是說，他在生我的氣嗎？」

我在提問的同時，猜想就是這麼一回事。安安應該很受不了我，很氣我。這是理所當然的，這都是因為我明知道很愚蠢，但仍然執意如此。

「應該是在嫉妒我，但妳這一陣子先不要出門，買菜就用網購，上班請假一陣子也沒關係。」

主稅說完，我只能點頭。想到安安在生氣，就已經坐立難安了。

「我會很快解決，妳千萬要鎖好門。」

主稅說完，親吻我的額頭，然後匆匆忙忙離開。我在鎖門的時候，摸著仍然帶著餘溫的額頭，癱坐在玄關。雖然鋪了磁磚的玄關冰冷，但我動彈不得，無法離開那裡。

6 無法傳達的聲音去向

聽到「噗啾」的可愛聲音，原本注視著彼此的我和美晴都嚇了一跳。五十二似乎打了一個噴嚏，他看到我和美晴的驚訝表情，滿臉歉意地鞠躬。

「冷氣是不是開得太強了？那我把溫度調高一點。」

我擠出笑容說完後，用眼神暗示僵著臉的美晴，談話必須暫時中斷。美晴可能也覺得不適合在小孩子面前聊這些事，於是點了點頭。

「五十二，我們明天就回大分。既然難得來北九州市，等傍晚涼快一點後，要不要去街上逛逛？飯店周圍有很多餐廳，而且我們想試試這裡的名產，你陪我們一起去嘛。」

五十二聽了之後，點點頭。

等太陽漸漸下山後，三個人一起走出飯店。熱氣未散的街道悶熱不已，從大樓之間吹來的也是熱風。

「我想去一個地方，你願意陪我去嗎？」

我問，五十二點點頭，美晴也說：「我們跟妳走。」於是我就不客氣地大步邁開步伐。

曾經在這裡生活過的五十二很快就發現我打算去哪裡，我對一臉緊張的他說：

「我想去坐，我想和你一起坐。」

我指向摩天輪。

恰恰城這座採用流行色彩的購物中心比我想像中更熱鬧，有電影院和遊樂場，看到很多年輕人。我帶著五十二走向摩天輪。

目前沒有人搭的摩天輪就像是一個巨大的裝置藝術，工作人員站在摩天輪下方，當我們走過去時，笑著問我們：「要不要坐？」我買了三張票，走進車廂。五十二也默默跟上來。

「哇，我已經有超過十年沒坐摩天輪了。」美晴有點興奮地拿出手機說：「到最高點的時候，我們三個人一起合影。」五十二默默看著漸漸開闊的景色，整個城市在夕陽映照下，越遠的地方看起來越冷清。

「你是不是和奶奶她們一起搭過？」

我問五十二，他點點頭。

「當時一定很開心吧？」

五十二再度點頭。他的眼角有點濕潤，但我假裝沒看到。

「啊！你們看，你們看，快到了！我要拍嘍！」

原本坐在對面的美晴突然叫著站起來，然後對著我們舉起手機，走向我們。因為所有人都突然集中在一側，車廂用力搖晃，但美晴仍然在我們中間坐下，舉起手機。

「好！你們都要扮鬼臉！」

「喂，美晴！車廂會晃動，妳不要鬧了！要扮什麼鬼臉？」

「那個啊、那個啊，就是妳最擅長的不二家娃娃吐舌頭！五十二，你要笑得更開一點！要露出牙齒！」

美晴在搖晃的車廂內按下好幾次快門，我和五十二被她的氣勢嚇到，拚命做出她要求的表情。在多次重拍後，美晴說：「差不多了」，關掉相機應用程式時，車廂也快回到地面了。

「難以相信，這是年近三十的人會做的事嗎？」

「啊喲討厭啦，人家才二十六歲，而且凡事輕重緩急很重要。」

美晴心滿意足地操作著手機，然後把手機螢幕放在比我更感到虛脫的五十二面前說：「這張好像拍得最好。」我瞥了一眼，發現五十二雖然很勉強，但張大嘴巴，努力擠出笑容。

「雖然貴瑚的不二家娃娃鬼臉很醜，但我覺得這張不錯。」

美晴笑著說，我假裝揮起拳頭對她說：「小心我揍妳！」五十二一臉好像在看什麼奇妙事物的表情看著手機，我對著他的側臉說：「你以後會笑口常開，接下來……嗯，像是和朋友，你一定會和朋友在一起展現這樣的笑容。」

五十二看著我，我對他做出不二家娃娃吐舌頭的鬼臉。五十二似笑非笑，然後搖搖頭，似乎在說「不必安慰我」。

「我沒騙你，你一定會笑。」

我重複一次。五十二點點頭，但他看起來很寂寞，心灰意冷。

「我知道了。五十二，你是不是肚子餓了？吃了飯之後，心情就會變好！」

美晴似乎察覺到五十二的心情，用力拍著我和五十二的背說道。

「我已經查好美食網站，我們去吃豪華大餐，接下來由我帶路。」

美晴露齒而笑的模樣很親切。啊啊，美晴在這裡真是太好了。

「交給妳了！要挑選啤酒好喝的餐廳！」

我勉強擠出笑容說，美晴笑得更燦爛了。

我們去吃了小倉有名的鐵鍋餃子，又去了串燒店，美晴說：「最後當然要吃這個來收尾！」還造訪她嚴選的拉麵店，吃了豬骨拉麵和關東煮。無論是烤得香脆的雞皮，還是很入味的蘿蔔都很好吃，而且每道菜都很適合配啤酒，我和美晴兩個人好像在比賽般喝不停。美晴就在啤酒杯的另一端，我太愛眼前這片曾經放棄的熟悉景象。五十二好奇地看著我們情緒高漲地喝酒的樣子。

「對不起，你覺得很無聊嗎？」

美晴問，五十二搖搖頭，然後用在便利商店買的便條本和原子筆寫了『我只是有點驚訝』，然後又補充一句『我以前從來沒有這種經驗』。

「原來是這樣。」

美晴摸著五十二的頭，開心地喝著啤酒。

「美晴，我一直想問妳，妳有沒有告訴阿匠，妳要來找我？」我問。

「有啊。」美晴很乾脆地回答，「當然有告訴他，而且他還要我帶一句話給妳。『差勁』。」

簡短的話刺進我心裡，我低下頭。

「他還說，如果妳過得不錯，就要我把接下來的話也告訴妳。他說：『所謂朋友，就是想甩也甩不掉，無論如何都還是妳的朋友。』」美晴笑著說：「他陪我一起去妳家裡，他大聲對那個死老太婆說：『天底下沒有比貴瑚更好的女生了！』這句話時，我又一次愛上他了。」

「謝謝……」

我很想哭，但拚命忍住。

「妳一個人扛得太重了，只要妳求助，無論我還是阿匠，搞不好妳工廠的同事都會接納妳。即使會責罵妳所做的事，但不會討厭妳，更不會離開妳，真希望妳可以更相信朋友。」

美晴既沒有罵我，更沒有生氣，只是靜靜地這麼對我說，我發自內心對她感到抱歉。那個時候，我完全無法考慮到其他人。

我低著頭，美晴改變語氣說：

「但是啊，妳現在滿腦子都想著這個孩子的事，抬頭挺胸地活著，我很高興，我很希望阿匠看看妳現在的樣子。喂，五十二，這個關東煮很好吃，你趕快吃。」

美晴平靜一笑，把一串牛筋遞到好奇的五十二嘴邊。五十二接過牛筋開始吃，似乎在說他自己會吃。我注視著他的臉，思考著遇見他之後，我試圖改變自己嗎？

我們三個人都吃得肚子快撐破了，才終於回到飯店。五十二精疲力盡地倒在沙發床上，摸著肚子，慢慢閉上眼睛。「喂，你還沒刷牙！」美晴大聲叫道，五十二搖搖晃晃走去盥洗室。美晴剛才餵五十二吃了很多東西，他可能飽到動不了了。當他刷完牙後，我問他：「不洗澡嗎？」他搖搖頭，鑽進沙發床，不一會兒，就聽到他發出熟睡的鼻息聲。

「妳可以繼續說白天沒說完的後續內容嗎？」

美晴靜靜地對我說，我點點頭。我的犯罪告白還沒有開始，但是該從何說起呢？

「……我覺得安安應該喜歡我，他應該很愛我。」

我緩緩開口，美晴凝神靜聽。

「這部分是我的想像，但安安第一次見到主稅時，留下不好的印象，於是就開始調查主稅，然後發現他有未婚妻。」

我認為之前公司的同事議論主稅已經訂婚的傳聞來自安安。如果當時我和主稅分手，應該就不會發生之後的事，但我非但沒有和主稅分手，反而有了更進一步的關係。

於是，安安就寫信給主稅的父親，試圖讓他父親好好勸說，但這次又沒有得到他想要的反應。

「安安又把信寄到公司，接著又寄了同樣的內容到他未婚妻家中。主稅的父親起初只是數落他幾句，但這次怒不可遏，於是在公司斥責主稅，叫他和外面的女人分手。」

但是，主稅並沒有這麼做。雖然他向父親和其他人承諾會和我分手，但並沒有拋棄我。

「貴瑚，我一直搞不懂，安安為什麼對妳執著到這種程度，卻沒有把自己的心意告訴妳？」美晴搖搖頭，似乎發自內心無法理解。「安安真是笨蛋。」

我看著美晴心浮氣躁的臉，繼續說道：

「主稅簡直氣瘋了，我在一旁都忍不住瑟瑟發抖。他委託徵信社調查安安，然後終於知道安安為什麼選擇這種拐彎抹角的方式。」

主稅拿著調查報告衝來我家時，難得興奮得臉都紅了。貴瑚，我知道那個傢伙沒有碰妳一根手指的原因了。

「安安是……跨性別者。」

美晴發出好像鈴鐺掉落在地的輕聲驚叫。

「他在戶籍上仍然是女性，但注射荷爾蒙，變成男性的身體。你們補習班的老闆似乎是在完全瞭解這些狀況之後，僱用了『岡田安吾』。」

安安的本名叫岡田杏子，在老家長崎讀完大學後，就來到東京。搬到新地方的同時，邁向身為『岡田安吾』的人生。他似乎一直沒有交女朋友，安安以岡田安吾的身分靜靜地生活。

主稅低頭看著調查報告，冷笑著說，他把對自己不利條件的自卑發洩到我頭上，莫名其妙。我茫然地聽著主稅朗讀著安安隱瞞的真相，思考著自己對他一無所知。

安安在單親家庭長大，他的母親獨自在海邊的小鎮平靜地生活。主稅聯絡了安安的母親。妳的女兒，不，是不是應該說是兒子？什麼？妳不知道？他——不，我是說她，她目前以男人的身分在東京生活。妳無法相信？但絕對沒錯，她是以男性的身分生活，而且妳的女兒目前對我的女朋友做出了跟蹤狂的行為，還擅自調查我的私生活，讓我不堪其擾。我女朋友整天以淚洗面，說她嚇得不敢出門了。可不可以請妳勸勸妳女兒？

我央求他不需要聯絡安安的母親，主稅不理會我，說什麼『難道要我單方面挨打嗎？既然要向別人揮刀，如果以為對方不會還擊，未免太天真了』。

「安安的媽媽接到主稅的電話後很受打擊，一次又一次說對不起、對不起。即使站在遠處的我，都可以感受到安安媽媽六神無主。」

我聽著電話另一端悲痛的聲音和主稅盛氣凌人的聲音，產生了近似絕望的感覺。為什麼會變成這樣？

我央求主稅，讓我和安安見面。我還沒有和安安好好談過，我相信只要我和安安好好聊一聊，就可以解決問題，但主稅說絕對不允許。他說安安已經被逼入絕境了，既然已經通知安安的母親，不知道安安會做出什麼事。主稅說：『妳聽好了，那個傢伙是怪物，是危險人物，把自己的自卑當作盾牌攻擊我們。』

「主稅當時失去了冷靜。由於安安也寄信給主稅的未婚妻，於是他的未婚妻二話不說就回了娘家，周圍的人也都知道了。主稅的父親因為他沒有和我分手火冒三丈，把他調去生產線工作。主稅無論在公司還是家裡都如坐針氈。」

即使在這種狀態下，他仍然沒有和我分手，一方面應該是基於對我的愛，但我認為他對安安的憎恨更加強烈。『如果我和妳分手，就會讓那個不男不女的傢伙稱心如意。我絕對不會和妳分手，我要那個傢伙承受比我更強烈的痛苦。』主稅對我說，他的雙眼佈滿血絲，我以前從來不曾看過他這樣。

我不知道主稅實際做了什麼，但根據之後所發生的事推測，他一定做了很過分的事。

我處於被軟禁的狀態，主稅完全不告訴我他在做什麼，以及和安安之間到底發生了什麼。我只能每天在家裡等待主稅上門。他之前就要求我向公司辭職，更不可以在未經他允許的情況下外出。

有一天，美晴和阿匠邀我去吃飯，我說想出去散散心，主稅就甩了我一巴掌。『都什麼時候了，妳還在說這種鬼話。妳不知道我現在的日子多難過嗎？』他的大手毫不留情地把我打倒在地，我的頭撞到地上。我一陣暈眩，不知道發生了什麼事。我倒在地上，主稅粗暴地抓住我的胸口，惡狠狠地叫我乖乖留在家裡。『妳知道我為妳犧牲了多少嗎？妳要識相地在這裡乖乖等我。』

我的臉被他打腫了，主稅不悅地瞥了我一眼就離開了。聽到鎖門的聲音後，我搖搖晃晃地起身走向廚房，弄濕毛巾後敷臉。冰冷的毛巾讓我的眼淚奪眶而出。

我必須和主稅分手。溫柔體貼的主稅變了一個人，不是別人，是我把他變成這樣。都是因為我想抓住無法受到任何人祝福的戀愛，即使安安什麼也沒做，也一定會有第二個安安出現，指責我犯下的罪。

如果我沒有遇見主稅，至少更早和他分手，是不是就不會像現在這樣？

『那個姓新名的男人可能會讓妳傷心。』

我突然想起安安對我說的話，那是我最後一次和安安說話。安安當時應該已經知道主稅有未婚妻這件事，向我提出忠告，但是，我當時怎麼回答？啊啊，我想起來了，我當時喝醉了，像傻瓜一樣不斷重複說，他人很好，他真的很好。如果我當時沒有喝酒，如果當時和安安多聊幾句，是不是就不會像現在這樣？呃，之後呢？我們之後又聊了些什麼？

『安安，我問你……你、喜歡、我嗎？』

『妳是很重要的人，所以我會一直祈禱妳得到幸福。』

早就已經忘記的對話突然清晰地浮現在腦海，我倒吸一口氣，然後恍然大悟。沒錯，他是這麼對我說的。所以——他一連串的行為，是不是他用自己的方式，在為我的幸福祈禱？他並不是在指責我犯下的罪，他是為了讓我得到幸福，所以不計一切代價做了這些事。

我癱坐在流理台前，雙腳顫抖不已。我是不是犯下大錯？

「主稅都把安安的調查報告放在公事包裡，我趁他不注意時偷看，果然發現上面寫了安安住的地方。」

我悄悄用手機拍下來，然後又若無其事把資料放回去。雖然安安住的地方離我有點遠，但並不是去不了的距離。即使被軟禁，主稅去上班時，我還是有機會外出，於是我決定瞞著他去和安安見面。即使主稅發現我外出後毆打我也沒關係，我必須儘快和安安見面。

「我想去見安安，為之前的事向他道歉，還要告訴他，我打算和主稅分手。即使安安大動肝火，說現在已經為時太晚，但我仍然覺得至少必須這麼做。」

安安住在老舊的公寓內，我鼓起勇氣按下門鈴，他沒有開門。我豎起耳朵，聽到屋內有水聲，我猜想他可能在洗澡。既然這樣，我就決定在門口等一下，但等了很久，水聲仍然沒有停止。我正感到不對勁，一個頭髮花白的女人出現了。她是安安的媽媽，有點不知所措地問我，和安安是什麼關係？我回答說是朋友，她好像鬆了一口氣。

「安安的媽媽住在附近的飯店，她說今天要和女兒一起回長崎。她一臉為難地說，女兒一個人在都市生活一定很疲憊，打算帶女兒回去海邊療養。」

安安的媽媽有備用鑰匙，打開門。原本遙遠的水聲變大，安安媽媽對著屋內叫了一聲『杏子』，但沒有人回應。

『不知道是不是在洗澡。為什麼這種時間洗澡？請妳等一下。』

安安的媽媽嘆著氣走向浴室，我不經意地打量著狹小的室內。不知道是不是因為準備搬家，家裡空蕩蕩的，只有幾個綑起的紙箱。為數不多的家具中，有一張舊辦公桌，有兩個白色信封整齊地排放在上面，讓我感到有點好奇。當我朝向白色信封邁出一步時，聽到了尖叫聲。

「走去浴室的安安媽媽在尖叫，我衝過去一看……安安躺在浴缸內死了。」

洗浴的溫水不斷流出，浴室內起了霧。安安躺在被鮮血染紅的浴缸內。我茫然地愣在原地，驚慌失措的安安媽媽想把他拉出來，持續流血的手無力地下垂。杏子，為什麼？原來妳這麼痛苦。媽媽不是說，會把妳的病治好嗎？妳怎麼做這種傻事？安安媽媽哭喊著，她身上被安安的血染紅了。

警察和救護人員很快趕到，現場亂成一團。安安媽媽用浴巾包住安安大叫著：『她是女生，你們不要看，請派女警過來。』即使警察一再要求她不要碰遺體，她仍然緊緊抱著安安不放。

美晴深深嘆氣，緩緩站起來，打開冰箱張望。昨晚的啤酒只剩下一罐，美晴用飯店房間的杯子各倒一半，遞給我其中一杯，默默地坐在我身旁。近距離的體溫很暖心。

「安安媽媽是很善良的普通人，只是無法接受女兒的內心是男人這件事……她似乎認為這是精神方面的疾病，她說了好幾次，只要回鄉下放鬆心情，乖乖吃藥，一定可以治好。」

我想要送重要的朋友最後一程，於是就陪著安安媽媽，稍微照顧她一下。安安的遺體送去驗屍，要兩天後才會送回來，我利用這段時間安排葬儀社。安安媽媽失魂落魄，但她哭著說，不想通知任何人，於是就辦了只有家人出席的小型葬禮。

「安安的遺體完成驗屍送回來後，我和安安媽媽兩個人送他上路。安安媽媽拚命為安安的臉化妝……」

光是回想起這件事，我的心都快碎了。安安的下巴還有鬍子，他媽媽為他刮乾淨後，用粉餅仔細塗抹，遮住鬍子的痕跡。然後還為他畫上眉毛、抹腮紅和口紅。然後她要求葬儀社的人遮住安安的平頭，於是整個棺材內放滿白色百合。安安就像是披著頭紗的新娘，他媽媽看著他，哭倒在地。為什麼在死了之後，才讓我看到妳這個模樣？為什麼？為什麼？

「看到安安媽媽之後，我深刻體會到，安安無法出櫃的心情。我相信安安一定很痛苦。」

守靈夜的晚上，安安媽媽在安安的棺材旁哭累後睡著了。我看著她幾天之內就憔悴的臉龐感到於心不忍。我為她蓋上毛巾被後，看向棺材。棺材內有一個和安安媽媽很像的漂亮女生，完全不覺得那就是安安。我覺得安安可能不希望我看到他這個樣子，於是我稍微注視他的臉龐後，就關上棺材的小窗戶，然後拿起放在棺材上的兩封信。

安安放在辦公桌上的信是遺書，其中一封寫給他媽媽。他媽媽給我看了信，信上寫了滿滿的道歉。

對不起，我是一個不徹底的女兒，我相信之前一定讓妳一次又一次感到痛苦。因為我無法當一個女人，讓妳為我流了無數不必要的眼淚。對妳來說，生下像我這樣的女兒一定很痛苦，但我很慶幸是妳的孩子，很希望來世還能夠當妳的孩子，請妳再次生下我，但是我希望下一次是兒子。我會帶著可以幫助妳的高大身軀，和可以讓妳安心的堅強的心當妳的兒子，我保證再也不會讓妳傷心了，所以請原諒我這輩子的不孝。

安安很痛苦，他一直、一直為自己身心的不一致，為無法告訴母親的糾葛深受折磨。在他一次又一次道歉的字裡行間，充滿了他內心的絕望。

安安的媽媽看到這些用生命寫下的文字，一次又一次說，這是在指責我生錯了她，也沒有好好養育她長大，都是我的錯，啊啊，我真希望再次生下她，我就不會再用這種方式養育她。

我看著安安媽媽，什麼話都說不出來。我完全不瞭解安安的痛苦，有什麼資格說話？

另一封遺書是寫給主稅的，但因為警方必須進行調查，所以已經拆開了。安安媽媽說，她沒有勇氣看那封遺書，一直放在那裡，我靜靜地打開了信封。

新名主稅先生：

你一定很驚訝我為什麼會寫信給你。很抱歉，請你聽聽將死之人說幾句話。

請你和貴瑚分手，如果你無法做到，如果你至今仍然要說自己是貴瑚的靈魂伴侶，希望你能夠專心守護貴瑚一個人。我相信你應該知道，她背負痛苦的過去，完全沒有被愛的記憶，她需要有能夠填滿她整個身心、無可取代的記憶，否則，她內心的海洋永遠都無法豐饒。

你目前這種帶著欺騙、只有閒暇之餘才能夠愛她的方式，只能短暫療癒她的飢渴，絕對無法消除她內心深處的寂寞，我甚至認為反而可能會增加她內心的寂寞。

拜託你正視貴瑚，帶給她最好的幸福。如果你無法成為她真正的靈魂伴侶，就讓她去遇見她的靈魂伴侶，希望你可以做出選擇。無論你選擇哪一項，我都會感謝你。

如你所說，我的確是不完整的人，既沒有像你那樣可以緊緊擁抱貴瑚的強壯身體，缺乏保護她的強悍，也許更缺乏帶領她見識寬廣世界的能耐。我沒有自信能夠滿足她的身心，如果我追求她，遲早會為她帶來痛苦。我非常同意你認為一個有缺陷的人，沒有資格陪伴在貴瑚身旁，只有身心都很充實的人，才能夠支持身心尚不安定的貴瑚。

想到曾經救了貴瑚，我已經很滿足，也認為自己要在她新的人生中成為過去式，所以我會默默離開，不會向貴瑚道別。如果貴瑚得知我的死訊，請你告訴她，愚蠢的我是因為自己的脆弱而死。

請你帶給貴瑚幸福。我用生命拜託你，同時為之前的失禮向你道歉。

看了這封有條有理的信，我說不出話。安安寫給主稅的這封信中，充滿了他對我的感情。安安比任何人更愛我，甚至在死之前，還一心祈願我得到幸福。

「我猜想安安之所以從來沒有向我說出自己的心意，只是默默等待，是因為打算在我憑自己的意志面對他時，再向我出櫃。在我主動選擇安安成為我的靈魂伴侶時，他一定會向我坦承一切。」

我拿著杯子的手在發抖。美晴握住我的手。

「但是我在想，安安一直試圖向我傳達心聲，一直希望我發現他，一直希望我看他，但我完全沒有發現……我傷害了他，也害死他。」

稀鬆平常的聊天、深夜的電話，都是他發出的吶喊。

安安是發出五十二赫茲聲音的鯨魚，他一定拚命放聲歌唱，但我聽不到他發出的聲音，而是在他引領我進入的世界中，轉身走向更清晰、更大聲的聲音。

「我很希望他可以告訴我，如果他告訴我，他就是我的靈魂伴侶，我會點頭答應。安安身體的問題根本不重要，我只要能夠和他相擁入睡就足夠了。我發自內心這麼想，但是，那時候我熱衷於新的事物，聽不到安安拚命發出的聲音，我真是太愚蠢了……」

我很想放聲哭喊，但還是忍住。美晴的手更加用力。我咬著嘴唇，無聲地哭泣著，美晴對我說：「我認為安安不想看到妳這樣哭，才打算默默離開，這是他成就他自己和妳幸福的唯一方式。」

「他這樣孤獨死去，怎麼可能幸福？」

他躺在小浴缸中死去，只有兩個人為他送行，怎麼可能幸福？他不可能希望母親為自己流淚，也不希望用不同於真正自己的外表離開這個世界。

也許咬嘴唇咬得太用力，有鮮血的味道。美晴對我說：

「趕快呼吸，妳在憋氣，這樣不行。」

我吐出一口氣，空氣突然進入喉嚨，我被嗆到。我用力咳嗽，五十二翻個身。我調整呼吸，擦拭著眼淚，不想吵醒他。我用已經不冰的啤酒潤潤喉，大口深呼吸。

「送走安安之後，我帶著他寫給主稅的遺書回到家裡。主稅在我家等我，一看到我，就撲過來打我。」

我以為他會殺了我。他的拳頭落在我的太陽穴上，我倒在地上，鼻子著地，鼻血立刻四濺。主稅一把抓住我的胸口，把我拉起來，低聲問我：『妳死去哪裡了？我不是叫妳在家裡等我嗎？妳是不是去找那個傢伙了？』

太陽穴和鼻子都很痛，鼻血流進嘴裡，血腥味讓我嗆到了。主稅在我的耳邊怒吼：『妳有沒有搞清楚自己的立場？』我的耳朵嗡嗡作響，簡直就像在鳴笛。

『妳沒有向我打聲招呼就出門，而且好幾天都沒聯絡，妳不把我放在眼裡嗎？賤女人。』

他惡狠狠地說完，鬆開手。我因為疼痛和恐懼而全身發抖，倒在血跡斑斑的地板上。

『好，我知道了，原來那傢伙那麼好嗎？哼哼，妳和瑕疵品怎麼做愛？蕾絲邊做愛一定很爽吧？』

主稅邪惡地笑，原本以為已經乾涸的淚水再度流下。我所愛的男人不會說這種話，是我把他變成這樣，也是我害死了另一個人。

『安安死了。』

血腥味讓我忍不住咳起來，我邊咳邊說，主稅驚訝地問：『真的嗎？』

『他自殺了，我是發現者之一。』

我聽到呵呵的聲音，抬頭一看，發現主稅在笑。他的表情令人厭惡，開心地笑得彎下了腰。我是在做惡夢嗎？

「我把安安寫給主稅的遺書交給他，沒想到他一接過遺書，就走去廚房，打開爐火。」

我難以置信。他根本還沒看，為什麼會這樣？我慌忙拉住他，但主稅推開我，把安安的遺書放在瓦斯爐上。信封燒了起來，主稅把信封丟進水槽。安安最後的心意轉眼之間就在銀色的水槽中消失，變成灰燼。我衝過去抓起來，帶著餘熱的灰燼無情地碎裂。

「主稅笑著說，太痛快了，這樣終於都結束了。他當時的笑容太可怕，我覺得非動手不可，於是拿出尖刀。」

主稅看到我拿出生魚片刀，開始緊張。他大叫著『妳想幹嘛？』不等他伸出手，我就把刀子放在肚子前。主稅似乎察覺我是認真的，忍不住後退一步。

「我大叫著我一定要動手，胡亂揮著刀子。主稅臉色發白，大叫著住手、住手。我第一次看到他那麼害怕，我原本決心絕對要這麼做，但最後還是沒有成功。」

不知道是因為主稅打過橄欖球，還是我太遲鈍了，主稅試圖趁我不備，搶走我手上的刀子。我們扭打成一團，最後刀子落入主稅手中，結果不小心滑進了我的肚子。

「主稅發出尖叫聲，我心想著『啊，死了』，然後就倒在地上。」

「……新名的確毫髮無傷。」

美晴帶著一絲懊惱說，我輕聲笑了。

「哈哈哈，當然啊，因為我想殺的人是我自己呀。」

刀尖並不是對著主稅，而是對著我自己。

美晴握住我的手抖了一下。

主稅會變成這樣，安安會死，全都是我造成的，所以我想要殺了我自己，這種笨女人死一死就好。

「如果我當時沒有這麼做，我想之後也會自殺。我被罪惡感壓垮，無法再繼續活下去。但是在死亡邊緣走了一遭之後，『非死不可』的強迫症竟然神奇地消失了。」

也許是因為曾經有那麼一剎那，近距離感受到死亡的關係，所以當我醒來，看著病房的天花板時，對死亡的欲求完全消失，只覺得自己的感情已經死了。

「之後的事，妳都知道了。我不想把真相告訴你們，只說是主稅一直說會娶我，欺騙我那麼久，最後卻要我當他的情婦，我忍無可忍，想要殺了他，結果反而被刀刺傷。」

隔壁鄰居聽到主稅咆哮的聲音和打人的聲音，聽到我大叫『不要』、『不要燒』的聲音後，慌忙報警，據說在我倒地的同時，警察就趕到了。主稅說是他刺中了我，然後就被警察帶走。

我恢復意識後，主稅的父親立刻帶著律師來找我，希望和我和解。他提出數字驚人的和解金，我點頭答應，並在文件上簽字。但是，當我說我不需要錢時，和兒子一樣身材高大的父親鞠躬對我說，希望我可以帶著這筆錢遠走高飛，去一個不會再和他兒子相遇的地方。『他遇見妳之後，整個人都變了，現在仍說要和妳重修舊好。我總覺這樣下去，會有不好的結果發生，希望妳遠離這裡。』

我失去對死亡的欲求，對主稅的愛也消逝無蹤。只有曾經忘我投入，奉上一切的記憶像乾燥花一樣，埋藏在內心深處。即使再見到主稅，也只像是讓花瓣散落的行為。既然這樣，我決定接受那筆錢。

「我帶著那筆錢，搬到我外婆以前住的大分。安安死了，我的第二人生也結束了。我打算在一個沒有人認識我的地方，憑自己的意志，展開第三人生……」

不知道是不是一口氣說太多話，我口渴難耐，便把杯子裡剩下的啤酒一飲而盡，輕輕吐了一口氣。

「雖然我送走安安，但至今仍然無法相信安安已經離開。之前根本沒把安安放在心上，現在無論遇到任何狀況，就會呼喊安安的名字。安安不在，就讓我這麼痛苦，我為什麼讓安安……」

我不止一次捫心自問，我為什麼逼死安安？安安之前曾經傾聽我的心聲，我為什麼沒有傾聽他的聲音？安安在失望中死去是我的罪過，那是我必須背負一生，難以抹去的罪。

美晴緊緊抱著我，她用力抱著我，我幾乎無法呼吸。她對我說：「妳一定很痛苦，妳這些日子一定都很痛苦，但是謝謝妳告訴我。妳把痛苦分一半給我。我和妳，還有安安之前總是一起說笑，但我完全幫不上忙，讓我很難過。我一直、一直很後悔自己根本不瞭解狀況，卻責怪安安這件事，所以貴瑚，把妳的痛苦分一半給我。如果妳說這是妳的罪過，那我也要承擔一半的罪過。」

美晴和我相擁而泣。

7 世界盡頭的相遇

隔天，我們離開小倉，換了幾班電車回大分。美晴的雙眼有點浮腫，在車窗外看到了大海和積雨雲，笑著說：「真的是夏天。」眼皮同樣浮腫的我笑著點點頭說：「是啊。」

在向美晴坦承一切之後，有一種神清氣爽的感覺。當時的一切在內心不斷膨脹，幾乎快爆炸了，多虧美晴讓我適度紓解。罪惡感和失落感並沒有消失，但已經縮小到自己可以承受的程度。

最重要的是，眼前必須思考五十二的事。千穗已經離開人世，五十二沒有其他可以投靠的親戚，想要把五十二帶去能夠讓他安心的人身邊，成為一件很困難的事。難道只能向警方或是政府機關求助，請他們保護五十二嗎？目前只剩下這個方法了嗎？

從車站叫計程車回到家裡。雖然只出門兩天，但進門時忍不住說「終於回到家了」，可見我已經對這棟老房子產生感情。

「先讓房子透透氣，五十二，你去把所有窗戶都打開。」

美晴發出指示，五十二默默打開窗戶。我不經意地向信箱張望，發現裡面有一張名片。拿出來一看，是村中的名片，背面寫著「請火速和我聯絡」。

「什麼事啊。」

即使想和他聯絡，我也沒辦法。我想了一下後對美晴說：「手機借我一下。」我告訴她說，我想打電話，她把手機遞給我時，似乎想起這件事，生氣地說：「妳趕快去申請一個門號啦！這個年代，竟然還有人沒有手機，這不是很不方便嗎！」

的確很不方便。我連聲說著對不起，向美晴道歉，撥打名片上的號碼。鈴聲響了幾次後，就聽到村中的聲音，我一報上自己的名字，他立刻問我：『妳在哪裡？妳不在家吧？妳出門了嗎？』

「什麼嘛，就只是為了這件事？」

是不是他來找我，發現我不在，於是就留下名片？如果是這樣，竟然還寫什麼『火速』，真是太誇張了。

村中一口氣說：『有人說妳綁架了小孩，品城老師說，他的外孫被妳綁架了。』

「是嗎？竟然來這招。」

我脫口而出。如果要說不意外，還真的不意外，我早猜到會有這種事。村中焦急地說：

『妳未免太冷靜了，我知道妳不會亂來，不會做出這種事，是不是有什麼原因？』

「謝謝你這麼說，接下來該怎麼辦呢？」

我抓著頭思考著，美晴和五十二可能發現我不對勁，都走到我身旁。美晴側著頭納悶，我對她說：「我成了綁匪。」五十二頓時臉色大變。

美晴說：「果然猜中了，一點都不意外。」然後鼓起臉頰問我：「妳打算怎麼做？」我考慮一會兒，村中在電話那一端不停地問：『什麼？現在是什麼狀況？』我問他：

「村中，我可以相信你嗎？」

他毫不猶豫地回答：『我希望妳可以相信我。妳要相信我啊，我也會相信妳的解釋。』

「……那你現在馬上來我家，小心不要被任何人看到。」

我掛上電話後，對美晴和五十二說：「我找了這裡的熟人過來，他姓村中，我想，應該可以信任他。」我拿出村中放在信箱內的名片給他們看。

「詳細的情況要等他來了之後才知道，但據說是五十二的外公嚷嚷我綁架了他。」

「喔，原來不是他媽媽？但那個外公之前不是對五十二不聞不問嗎？」

美晴問，五十二點點頭，從牛仔褲口袋裡拿出便條本，潦草地寫了『算了』這兩個字，又接著寫『只要我回去就好了』。

「什麼叫算了？你千萬不能回去。你聽我說，不能自暴自棄，我找村中來這裡，並不是想要放棄。我完全不瞭解你周圍的狀況，但村中是本地人，一直住在這裡，所以他很瞭解，搞不好可以想到什麼好方法，知道嗎？」

我從五十二手上拿過便條本，闔了起來，然後放回他的手掌，五十二不滿地放回口袋。

「啊，對了，如果被人知道我們剛回家就慘了，我先去鎖好玄關的門。院子的門……關了嗎？」

美晴準備走去玄關，順手摸摸五十二的頭說：

「俗話說，三個平凡的人湊在一起，也會生出文殊菩薩般的智慧。我們有三個大人，不可能讓你流淚，你不用擔心。」

五十二聽了美晴的話，默默走去裡面的房間。

村中在掛上電話二十分鐘後出現，他輕聲敲門，我悄悄打開門，他馬上擠進來。我立刻關門上鎖，他開心地笑著說：「好像有點興奮欸。」

「什麼嘛！」我很受不了地說。

「不是有一種進入秘密基地的感覺嗎？」他滿不在乎地說。雖然我很想問他，有沒有搞清楚目前的狀況，但隨即轉念一想，覺得總比他一臉嚴肅地要求我「去自首」好多了。

「進屋再說。」

我帶著村中走進客廳，美晴驚叫起來：

「什麼？是男人？我還以為是女生，名片上的名字不是真帆嗎？」

「嗨，我是男人，真帆這兩個字唸成『Mahoro』，我曾祖父是漁夫，他幫我取了這個名字……啊，這種事不重要。啊，呃，很高興認識妳。」

村中頻頻鞠躬，美晴說：「我叫牧岡美晴，是她的高中同學。」我不理會他們的對話，對村中說：

「你說一下，現在是什麼狀況？」

「喔喔，今天早上，品城老師來我家，說他的外孫不見了，還說琴美告訴他，是被住在山丘上那棟房子的年輕女人帶走，於是他來這裡，發現家裡沒有人，他就說妳帶著他的外孫失蹤……妳綁架了他的外孫。」

「品城老伯為什麼會去你家？」

「因為我阿嬤在老人會告訴大家，我來這裡幫妳修房子，就是……她覺得自己的孫子被誆騙了。而且我們上次一起吃飯時，被老人會的人看到了，他們誤以為我們在交往。」

我從來沒有誆騙過他，而且只是一起吃飯就變成在交往，這到底是什麼文化？不知道我內心的不悅是否寫在臉上，村中看了我一眼，低頭說：「對不起，我阿嬤誤以為我很吃得開，因為我是她的寶貝孫子嘛。」

「這不重要，所以已經報警了嗎？」

「沒有，他說要再等一下，還說只要外孫能夠回來就好。」

我和美晴互看一眼。他應該很怕警方介入。

「可不可以讓我也瞭解一下目前的情勢？現在到底是什麼狀況？琴美的兒子在哪裡？」

村中東張西望，我叫了一聲：「過來吧，別擔心，不用怕他。」

紙拉門悄悄打開，五十二戰戰兢兢地從隔壁房間探出頭。不知道是否因為緊張，他臉色發白，面無表情。村中驚叫起來：

「喔，很像琴美……很像你媽媽年輕的時候。我姓村中，請多指教，你……啊，你是不是沒辦法說話？」

村中問，我代替五十二回答說：「沒錯，目前叫他五十二。」村中聽了有些納悶，但並沒有詳細追問，露齒一笑說：

「我不是壞人，不用緊張，但如果你還是害怕，可以躲在三島身後，我絕對不會把手伸去那裡。」

五十二慌忙躲在我身後，等他坐下後，我對村中說：「你倒是很會對付小孩子嘛。」他一臉難過地說：「我姊姊的小孩很怕生，說我看起來就像老虎玩具，感覺很可怕，每次看到我就哭。」老虎玩具是怎麼回事？真搞不懂小孩子的想法。美晴聽到，噗嗤一聲笑了起來。

「先不說這些，言歸正傳。我不想把這個孩子交給琴美或是品城老伯。」

村中聽到我明確表態，神色變得嚴肅。

「他一直被琴美家暴，品城老伯一直視若無睹。幾天前的深夜，他頭上被淋了番茄醬，逃來我家，向偶然認識的我求助。」

「家暴……」

村中瞪大眼睛，將視線移向我身後的五十二，五十二抓著我的衣襬。我告訴村中，我得知五十二能夠筆談，開始和他談話，以及正式向琴美提出會照顧五十二，還有我們三個人一起去北九州的事。認識琴美多年的村中似乎很受打擊，附和的次數越來越少，失去了剛才的從容。

當我說完之後，美晴拿了冰麥茶給大家。她把麥茶放在村中面前，村中咕嚕咕嚕一口氣喝完，然後好像下定決心似地看著五十二。他先聲明一句：「三島，我並不是懷疑妳說的話」，然後拜託五十二說：「你可不可以讓我看一下你的身體？我無法相信，不，應該是不想相信，無論如何都覺得不可能有這種事。」

我轉頭看著五十二，五十二當場站起來。他脫下我借給他的T恤，身上到處都是瘀青。美晴移開視線，村中用力皺著眉頭，然後無力地垂下頭說：「對不起，對不起，造成你的不愉快。」

五十二靜靜地穿上T恤，我問他：「你現在相信了嗎？」村中握緊手上的杯子，點點頭說：

「我看到這個孩子這麼乖巧，怎麼可能懷疑？品城老師說，他是根本沒辦法管教的野孩子，說他完全沒辦法理解別人說的話，讓人束手無策……啊啊，我知道了。」

村中好像自言自語般說著，突然恍然大悟，然後苦笑，說：

「我之前不是曾經告訴過妳嗎？雖然那時候的措詞稍微修飾了一下，但是說白了，老師對不會念書的人很冷漠。」

果然是這樣。我之前就認為他是那種人。

「我們畢業之後，他對我們的態度也和以前不一樣了，我們這些學生都以為他是為我們著想，但有一個離開這裡的同學說，那傢伙……有點潔癖，只想看美好的事物，無法原諒自己肉眼所見的範圍有髒東西，只要離開他的視野，他就根本無所謂了，因此不能原諒老師那種行為。」

既然他是這種人，不難想像他不願意承認無法說話的五十二是他的外孫，但怎麼會對女兒的虐待行為視而不見呢？

「咦？但是，以前是優等生的琴美不是在讀高中時懷孕，然後離開了這裡嗎？他竟然能夠容忍？」

他女兒在求學時期就懷孕，他應該會逼女兒墮胎，會眼睜睜地看著女兒退學嗎？我感到不解，村中說：「我阿嬤可能很瞭解以前這些事。她以前一直是老人會的會長，直到八十歲那一年才退休，她知道這裡所有的大小事。」

沒想到傳聞中的——不，雖然我才是傳聞的主角，但沒想到村中阿嬤竟然有這樣的經歷。我覺得這裡的人際關係很狹隘，或者說很複雜，村中說：

「要不要去問我阿嬤？我阿嬤還認識品城老師的前妻——就是琴美的媽媽。琴美的媽媽以前是小學老師，她似乎是一位好老師，從來沒有聽人說過她的壞話，只不過她沒教過我，所以不太瞭解實際狀況。」

「這樣啊……那個人就是五十二的外婆吧？他們什麼時候離婚的？」

「不知道，我完全不記得，我對琴美的興趣沒有到這種程度。」

村中滿臉歉意地說，抓抓頭。

五十二的奶奶是好人，外婆也可能是好人嗎？我想了一下，認為煩惱根本無濟於事，於是問村中：

「你可以帶我們去見你阿嬤嗎？我要找一個能夠讓他安心生活的地方，現在沒時間考慮太多。你帶我們去見你阿嬤，我想直接問她。」

村中滿是驚訝，結結巴巴地說：「但是、那個、我阿嬤說話不饒人，可能會說一些很失禮的話，如果妳不介意的話……」

「沒關係，你帶我們去你家。」

我再次拜託，村中點點頭。

「如果我阿嬤站在我們這一邊，那就有搞頭了。雖然不知道會是怎樣的結果，我們走吧。」

五十二拉著我的衣服，我對著滿臉不安的他笑了笑說：「不用擔心。」

村中家位在近藤商店的另一側，是巨大的日式傳統房子，還有氣派的大門。村中原來是大戶人家的少爺。美晴忍不住這麼說。村中說：「沒有啦，只是老房子。我爸爸是農協的職員，我媽在近藤商店的熟食區打工，白天只有阿嬤在家，有時間慢慢聊。」

我們跟著村中來到玄關，玄關前掛著代表滿載、豐收的大漁旗。我們被巨大的大漁旗嚇到，村中告訴我們：「那是紀念我曾祖父。」

「阿嬤，我回來了。我是真帆，妳在忙嗎？」

他向屋內問道，隨即聽到腳步聲和低低的聲音問：「什麼事？」從黑暗中走出一個頭髮染成紫色，燙成小鬈頭的阿嬤，穿了一件絕對是在近藤商店買的扶桑花圖案布洋裝。

「哇噢，超有個性。」

美晴小聲地說，我用手肘捅她的側腹，然後對著村中阿嬤鞠躬說：「不好意思，我們不請自來，打擾妳了，呃，我是……」

「喔，原來是妳。妳就是住在山丘上的那個年輕人，我之前在近藤商店看過妳。」我還來不及自我介紹，村中阿嬤就說道。她打量著我，冷笑著說：

「我就知道是她的外孫女，大家都說不是、不是，眼力真是太差勁了。根本長得一模一樣，就連那張看起來有什麼隱情的臉，也和那個老太婆一樣。」

村中阿嬤的話讓我很火大，但現在無暇理會老人家們過去的爭端。她發現躲在我身後的五十二，沙啞的聲音立刻大聲問道：

「為什麼帶這孩子來這裡？趕快送去會長家，他很擔心，太可憐了。」

「關於這個問題，想徵求阿嬤的意見。」村中說。

阿嬤瞇起眼睛問：「你的工作呢？你和你阿公一樣，只要牽扯到女人，就丟下工作不管了。真是不爭氣。」

「工作……沒關係，總之，阿嬤妳先聽三島說說看，拜託。」

村中低下頭，阿嬤看著我。我承受著她好像在評定的眼神，過了一會兒，她轉身說：「跟我來。」然後慢慢走向屋內。村中小聲對我們說：「進來吧。」我鞠躬說聲「打擾了」，跟著他們走進去。

來到可以看到大庭院的佛堂，阿嬤坐在簷廊上，揚了揚下巴對我們說：「你們隨便坐。」然後對村中說聲：「茶。」村中就乖乖地走開，應該是去倒茶。我怔怔地想著，剛認識他的時候，他曾經說要嚴厲警告阿嬤，看他那樣，恐怕是沒指望了。

「妳要徵求什麼意見？」

聽到阿嬤發問，我才猛然回過神。

「那我就直截了當說了，這個孩子被他媽媽家暴。」我開口，「他的外公品城老伯對女兒打外孫，以及放棄照顧外孫都視而不見。我偶爾認識了他，但我認為不能把這個孩子交給他們父女。」

阿嬤瞥了一眼我身旁的五十二，跪坐在我旁邊的五十二發著呆。阿嬤注視著五十二問我：「所以呢？」

「我正在找有沒有人能夠好好照顧他，我們去找了以前曾經照顧他的奶奶和姑姑，但她們都已經離開人世，沒有人能夠依靠了。結果聽村中……先生說，他外婆還在。」

「原來是說昌子，這樣啊。」

阿嬤低喃，然後從花布洋裝口袋裡拿出菸盒。她正打算用打火機點菸，五十二跳起來，躲到我的身後。阿嬤一臉驚訝，看看自己的手，又看看滿臉驚恐的五十二，默默把菸盒放回口袋。

「原來是這樣，每次問他外孫的事，他都說同樣的話，我就知道有問題。即使我叫他帶外孫來玩，當作是累積社會經驗，他說外孫像猴子，根本沒辦法見人。真是會騙人。原來是這樣，對會長來說，比起外孫，琴美才是他的最愛。哼、哼。」

阿嬤冷笑著，將視線移向庭院。

「琴美也是一個可憐的孩子。」她好像自言自語般說著，繼續看著庭院。「她出生時，真的太美了。會長老來得女，對琴美溺愛得不得了，簡直就是把她當公主。昌子說，這麼溺愛孩子，孩子長大之後會出問題，想要嚴格管教，他們夫妻經常為這個問題吵架，聽說會長曾經為了琴美動手打昌子。我記得那是琴美剛上中學的時候，會長不顧昌子極力反對，在琴美的央求下，買了手機給她，在那之前就給琴美很多零用錢。可能就是那時候出了事，琴美不知道去哪裡認識了一個福岡的年輕男生，結果就私奔了。」

「真的假的！」

聽到叫聲，我嚇了一跳，原來是倒茶回來的村中。他手上的托盤差點掉落，他慌忙站穩。阿嬤皺著眉頭說：「你太大驚小怪了。」然後在自己面前咚咚敲了兩下，似乎示意村中把茶放在那裡。村中總算拿穩托盤，一臉愕然，把茶杯放在阿嬤面前。

「兩天之後，不，好像是三天後，琴美就打電話回來哭著說想回家。會長和昌子急急忙忙去福岡接她回來。雖然我不知道她在福岡做什麼，但大致能夠猜到。昌子責怪會長，都是他太寵女兒，才會發生這種事。沒想到會長惱羞成怒，說是昌子沒有教好女兒，連琴美也說是因為昌子不夠愛她，她才會這樣。昌子可能認為沒指望了，於是就提出離婚，一個人離開。」

阿嬤喝了一口仍然冒著熱氣的茶，嘆著氣。村中把冰麥茶放在我們面前。

「難以置信，我之前完全不知道。」

「我當然不可能告訴你，一旦消息傳開，琴美就會受到傷害，所以大人都閉口不談這件事。」

阿嬤又喝了一口茶，說：「是會長把琴美寵壞了，他總是滿不在乎地說，無論那孩子闖什麼禍，只要自己幫忙擦屁股就好，只要琴美能夠逍遙自在過日子，邁向幸福的人生就好，所以琴美從來沒有挨過罵，也從來沒有遭遇過任何挫折和不如意。但這樣很可憐，當她離開為自己打點一切的父親之後，才終於瞭解這個社會上理所當然存在的困難，這就像長水痘和流行性腮腺炎一樣，如果小時候沒得過，等到長大之後才得，就會格外辛苦，所以說，琴美是可憐的孩子。」

聽了阿嬤充滿憐憫的話，我想起琴美的臉。看起來比實際年齡蒼老的臉反映出她吃過的苦，雖然這無法成為她可以虐待孩子的理由，但還是為她難過。

「琴美八成是走投無路，才會回到這裡，但是已經沒有人——除了會長以外，已經沒有其他人會把她捧在手心了。誰會喜歡年紀老大不小，還自以為是公主的女人？家暴什麼的，可能是生活不順心的壓力導致她對小孩子施暴。」

「她應該一直希望自己受人喜愛。」

之前和琴美說話時，她以為村中暗戀她，喋喋不休地說了很多話，那也許是她在尋找別人對她的愛。

「人在小時候，當然是接受別人的愛，但長大之後，就必須付出，不可能永遠只接受別人的付出，當了父母之後，就更要加倍付出。琴美不知道這些道理，恐怕無藥可救了。」

阿嬤語帶遺憾地說，這句話同時刺進我的心裡。

「好了好了，至於昌子，她目前住在別府。嘿喲！」阿嬤站起來說：「我們現在仍然會互寄賀年卡，我記得她今年也有寄來，只是不知道放去哪裡了。」

阿嬤走到佛壇旁，在架子上找了起來，最後找到一個漆器的書信盒，從裡面拿出一疊賀年卡片。

「真帆，你來找，我記得她現在姓生島。」

「喔，好。」

村中接過那疊卡片之後開始找，但隨即響起了好像警報器的聲音。原來是村中家的門鈴。村中停下手，走向玄關，其他人都茫然地看著庭院，然後聽到爭執聲。

「老、老師，請你冷靜！」

「你綁架了我的外孫，還在說這種話！疋田太太告訴我，看到年輕女人和陌生的孩子坐上你的車！」

腳步聲和爭執聲越來越近，五十二躲在我的背後。美晴坐來我的旁邊，我們都挺起胸膛，想要保護五十二。

品城老伯衝進來，他滿臉漲得通紅，氣喘如牛。阿嬤靜靜地說：「會長，你這樣太失禮了。」但他似乎沒聽到，指著我，噴著口水大聲咆哮：

「果然在這裡！我記得妳姓三島，可以把外孫還給我嗎？」

「我已經和你女兒說好會照顧他，你女兒說隨我的便。」

我用不輸給品城老伯的聲音大聲說道，品城老伯不悅地說：

「腦筋有問題嗎？怎麼可以把孩子當貓狗隨便送人？我女兒說，她的兒子不見了，她要去找兒子，就這麼走掉了。」

走掉了？我側著頭納悶，村中阿嬤問：「你說她走掉了，該不會是說她離家出走？」品城老伯皺著眉頭點點頭，阿嬤用很受不了的語氣說：「會長，她是跟著男人跑了嗎？聽說最近經常有熊本車牌的車子停在吉屋的停車場，八成是琴美新交的男朋友。琴美把兒子塞給這位小姐，自己逃走了。」

「怎、怎麼可能？不可能有這種事，琴美只要找到這個孩子，就一定會回來！」

「回來虐待他嗎？」

我問。品城老伯驚訝地瞪著我問：

「妳在說什麼啊？」

「我問你，琴美是不是要回來虐待他？你要這個孩子回去，是想讓他繼續被虐待嗎？」

品城老伯雙手顫抖，向我走來，我知道這種時候，可能會被打，因為我之前就承受過這種自私任性的拳頭，但是，只要能夠保護我身後那個無助的孩子的安全，即使被打也無所謂。

「琴美才沒有做這種事！琴美只是在管教這個孩子！」

「管教會用香菸燙孩子的舌頭嗎？！」

品城老伯停下腳步，阿嬤搖著頭說：「太過分了！」

「琴、琴美怎麼可能做這種殘忍的事！妳在造謠！」

「我有證人可以證明，他之所以無法說話，就是因為三歲的時候被這樣虐待過。」

我說完之後，美晴也拿出手機說：「不然我們可以馬上打電話給對方，請她親口告訴你。」品城老伯大聲叫著：「胡說、胡說八道！怎麼可能有這種事？琴美不可能做這種事！你們不要再胡說八道了！閉嘴、閉嘴！」

品城老伯漲紅臉，想要伸手抓我。五十二在我背後發出輕微的尖叫，我挺起胸膛，想要保護他。他蒼老的手即將抓住我的頭髮，就在這千鈞一髮之際，村中制止了品城老伯。

「好了好了，老師，你不要激動，先坐下來再說，好不好？」

村中試圖讓他坐下，但品城老伯扭著身體說：

「你是怎麼回事？難道你也相信這兩個女人說的話？你不相信我和琴美嗎？」

「老師，你以前不是說過嗎？看著別人眼睛說話的人才是正人君子，她們都看著別人的眼睛說話，但老師你剛才都沒有看任何人的眼睛。」

品城老伯聽到村中這麼說，看著我和美晴，我也注視著他，但他移開視線。村中用力讓品城老伯坐下，我似乎在無意識中屏住呼吸，用力喘息之後，看向身後的五十二。五十二微微顫抖著，他抱著膝蓋，身體縮成一團，我堅定地對他說：

「不用怕，我絕對會保護你。」

五十二靜靜抬起頭，無助地注視著我。這時，阿嬤開了口。

「會長，你應該知道琴美的電話吧？你馬上打電話給琴美，叫她來這裡。我會居中協調，就在這裡解決這件事。真帆，你的電話借會長用一下。」

村中聽了阿嬤的話，從口袋裡拿出手機。品城老伯茫然地看著村中手上的手機，無力地搖搖頭。他駝著背，整個人縮得小小的。

「我怎麼會知道她的電話？她說要找孩子需要錢，就拿走家裡所有的錢，坐上男人的車子走了。」

品城老伯垂下頭，他的身體好像一分一秒在縮小。

「我試著阻止她，結果那個男人動手打我，琴美坐在副駕駛座上，根本沒看我一眼。」

他深深嘆著氣，簡直就像連靈魂都吐了出來，然後抬起頭。前一刻幾乎被憤怒炸開的臉變成衰老無力的臉，雙眼又黃又混濁。

「村中阿嬤，妳倒是說說，我該怎麼辦？琴美從小到大，我都這麼寵愛她，但她不僅是一路往下滑，甚至就像掉進坑洞一樣越學越壞。她丟下我不管，沒消沒息這麼多年，好不容易回來，卻把兒子當成狗崽子一樣拳打腳踢，罵一些不堪入耳的髒話。啊啊，那可能不是琴美，琴美不可能做這種讓我蒙羞的事之後逃走。原來是這樣，有可能，那一定是長得很像琴美的另一個人。」

「她就是你的女兒，她和你很像，做了在養育孩子時不該做的事。」阿嬤很不以為然地說著，「幸好琴美丟下這個孩子跑掉，否則這個孩子可能有一天會死在琴美的手上。你心愛的琴美也許會走上殺害兒子的可怕道路。」

品城老伯無言以對，他雖然慢慢恢復平靜，但在討論五十二今後的問題時，他一直重複「不知道」這三個字。

「我從來沒有照顧過孩子，琴美小時候都是當時還活著的姊姊照顧她，但現在姊姊已經死了，而且，這個蛆……這個小孩不是什麼都不會嗎？要我照顧，我根本不知道該怎麼辦。」

不知道是不是叫不出五十二的名字，他一直手指著五十二，叫著「這個小孩」、「這個小孩」。剛才始終沒有大聲說話的阿嬤忍不住咆哮說：「你爭氣一點！你這副德性，憑什麼自以為了不起，讓人家叫你老師？你根本是對自己的外孫都見死不救的廢物！」

品城老伯小聲地嘀嘀咕咕，村中看不下去，對他說：「老師，你今天還是先回家吧，我們原本就打算去找琴美的媽媽，需要你身為監護人協助時，會再請你幫忙，拜託你了。」

村中鞠躬拜託，品城老伯點點頭說：「這樣啊，喔，原來是這樣啊。這點忙我可以幫得上，你儘管說，我一定會幫忙。」

「他沒問題嗎？我覺得他的狀況很不妙啊。」

美晴小聲地說，阿嬤似乎聽到了，對我們說：「他有點痴呆了，整天只會自吹自擂，甚至提起很久以前吵架的事大發雷霆，在老人會也成為頭痛的問題，大家都說要請他辭去會長一職。」

阿嬤又接著說：「現在已經傍晚了，明天再去找昌子。我會聯絡昌子，這個孩子可以住在妳家嗎？」
我抓住五十二的手說：「當然。」
五十二得知他的母親離家出走，以及外公沒有看他一眼，就準備離去的現在都無動於衷，一直坐在我身旁。既沒有懊惱，也沒有悲傷，只是看著眼前所發生的事。只有在可能遭到暴力的瞬間流露出恐懼，那是他唯一的感情起伏。
得知千穗去世之後，他的感情就留在了遠方。他彷彿一切都已經無所謂似的坐在這裡。
「弟弟，你一定累了，今天就好好休息，明天這個哥哥會帶你去你外婆家。」阿嬤說。但五十二好像覺得那是什麼無聊的事，只是點點頭。
那天晚上，我們三個人都睡在我家。美晴在壁櫥內翻找後說：「真的沒有被子欸。」然後就請村中開車去永旺，買了三床夏季用的被子回家。我忍不住吐槽她，為什麼要買三床？她滿不在乎地說：「因為我明年要和阿匠一起來。這裡是海邊，夏天當然要來這裡啊。五十二，有一個叫阿匠的哥哥人很好，下次他來這裡的時候，你要和他當朋友喔。」五十二敷衍地點點頭。
被美晴差遣老半天的村中回家了，我們三個人一起吃晚餐。我們從北九州的菜有多好吃，聊到村中阿嬤的花布洋裝，最後聊到村中。美晴深有感慨地說：

「這裡有可以幫上忙的男人真是太好了，畢竟經常會遇到很多需要男人幫忙的狀況。雖然看到他被阿嬤使喚的樣子，覺得有點沒出息，但其實這種類型的男人才是好男人。」

「我和村中並不是那種關係，只是這次不得不找他幫忙。」

絕對不能告訴美晴，村中曾經提出想和我當朋友這件事。我覺得現在，不，以後也無法興致勃勃地聊這種話題了。美晴似乎能夠體諒我，沒有再說什麼。

吃完飯，美晴鑽進剛買回來的被子，很快就睡著了。這次又給美晴添了很多麻煩，我看著她流口水睡著的樣子，對五十二說：「我們也睡吧。」

我們一起躺在開了冷氣的臥室。我睡在床上，五十二和美晴睡在地上，我們三個人睡成川字。關上小夜燈，月光從窗簾的縫隙照進來。

「晚安。」

我閉上眼睛，卻遲遲無法入睡。明天要去見五十二的外婆，和她討論今後的事。由她接手照顧五十二是最好的決定嗎？如果她無法照顧，是否要請她介紹其他親戚？如果沒有親戚可以接手……就要去兒少之家嗎？不，是不是該相信五十二的外婆是好人，欣然同意照顧五十二？

但是，我總覺得有哪裡不太對勁。五十二信任的人已經離開人世，現在被大人推來推去，即使我看到五十二在某個地方安定下來，這樣真的好嗎？

不知道是不是越想越激動，我越來越清醒。村中說，可能會和五十二的外婆聊很久，他明天一早就會來接我們，必須趕快入睡。我拿起放在枕邊的MP3，把耳機塞進耳朵，按下播放鍵，閉上眼睛。已經聽了好幾年的聲音緩緩帶我進入沉睡。

我做了夢。

有兩尾大鯨魚在海裡游泳，那裡是陽光照不到的深海，光線卻很明亮，水底冒出無數光的氣泡。我在離鯨魚很遠的地方，看著牠們緩慢游泳。我拚命游，想要靠近鯨魚，卻遲遲無法縮短和牠們之間的距離。

其中一尾鯨魚在唱歌，像迴音般的歌聲嗡嗡作響，歌聲的震動變成金色的環狀波紋，波紋好像融化在水中，卻又持續擴散。金色在清澈的深藍色海底擴散的美麗景象，讓我忍不住看得出神，忘記游泳。金色的波紋又大又粗，不時變得又小又細，朝向我的頭頂上方擴散而來。

在經過我頭頂的瞬間，波紋似乎變成聲音。

豆粉。

我聽到聲音後大吃一驚，急忙轉過頭，但金色的環狀波紋已經遠去，搖晃著向遠方擴散。我目送著波紋離去時，覺得剛才似乎聽到很熟悉、很溫柔的聲音。

安安？

剛才的是安安的聲音嗎？安安該不會變成了鯨魚，成為孤高的鯨魚，等待能夠傾聽歌聲的伴侶嗎？不，不可能，不可能有這種事，他下輩子一定會變成在群體中幸福歌唱的生命。

豆粉。

又有一個新的環狀波紋從我頭上經過，我轉頭看著波紋，注視著波紋遠去，然後對著鯨魚大聲地問。

安安？是安安嗎！？

我的聲音沒有震動，沒有產生波紋，無法傳達給鯨魚。那真的是安安嗎？他已經聽不到我的聲音了。

安安，對不起，你對我真的很重要。

即使我哭著叫喊，仍然無法傳達給安安。接著，另一尾鯨魚開始唱歌。那尾鯨魚的歌聲也變成金色的環狀波紋傳向我的方向。我用力張開雙手雙腳，準備用全身迎接。環狀波紋直直向我飛來，波紋越來越近，在我碰到的瞬間破裂了。

『救救我。』

我清楚聽到這個聲音。那個聲音太大聲，不僅傳入鼓膜，好像有一股電流貫穿全身，我全身不禁顫抖。我下意識地坐起來，發現是在家裡漆黑的臥室，我滿身大汗。

「原來是做夢，嚇了我一跳……」

我用全身力量呼出氣息，不經意地看向床下，立刻倒吸一口氣。五十二的被子是空的。

「咦？去廁所嗎？」

但我感到莫名的不安，我悄悄走出臥室，以免吵醒美晴。風吹過臉頰，抬頭一看，原本鎖好的玄關拉門打開一條縫。我不寒而慄。

我穿上拖鞋，衝出玄關。月光很明亮，可以清楚看到腳下的路。五十二去哪裡了？我打量周圍，直覺地認為他去了海邊。我沿著小路往下衝。

白天看到五十二那張心灰意冷的臉，他是不是已經做好了赴死的準備？他持續失去了很多東西，是不是覺得生無可戀？一定是這樣，他白天的臉一定和我以前一心想死時一樣，我為什麼沒有發現？

「不要，不要。」

我嚇得快哭出來了，不顧一切地奔跑著。腳絆到了，跌倒在地，我來不及用手撐，臉部著地。右側臉頰好像被削掉般疼痛不已，我皺起眉頭，但站起身後又立刻繼續跑。

「不要走，求求你，不要走。」

我不希望別人再以這種方式離開我，我絕對不要再失去了。

我繞過船主大宅的圍牆，發現月光照亮的堤防上有一個人影。

「你在幹什麼？」

我邊跑邊大叫，人影緩緩轉過身。果然是五十二，他發現了我，搖搖頭。當我發現他準備跳下海時，大聲制止他：

「不可以，不可以！你不要死！拜託你，千萬不可以！」

我抓著梯子衝上去，五十二在堤防上奔跑，試圖逃走。雖然月光很明亮，但堤防上凹凸不平，隨時可能掉下去。這裡的大海很深嗎？掉下去不會有生命危險嗎？我不知道，但夜晚的大海和天空不同，放眼望去一片漆黑，一旦掉下去，一定會墜入海底，失去生命。

「你聽我說，你和我一起生活！」

我大聲叫著，五十二停下來，月光照在他驚訝地轉過頭的臉上，他睜大眼睛，好像對眼前的景象難以置信。我對著他的臉大聲地說：

「你和我一起生活，我們兩個人，在那個家一起生活。」

我很少全速奔跑，所以跑得喘不過氣，心臟劇烈跳動，好像快炸開了，臉上的傷口陣陣疼痛。我上氣不接下氣地說：

「我一直在思考，怎樣對你最好。我之前不是說，會傾聽你的聲音嗎？我覺得不應該把你交給別人，就以為完成了任務，而且我也希望你陪伴在我身旁。聽我說，我們一起生活。雖然我不是出色的大人，可能有些地方會讓你失望，但我會努力，努力和你一起成長。」

我拚命說著，五十二注視著我，似乎正試著理解我的真心。五十二的神色已經說明，他幾乎已完全失去對他人信任，我對著他說：

「我是說真的，我希望可以陪伴在你身旁，我想看到你遇見你的靈魂伴侶。」

五十二不解地眨眨眼睛，看到他不知所措的樣子，我輕輕揚起笑，問他：「你知道什麼是靈魂伴侶嗎？這是別人告訴我的。據說每個人都有靈魂的伴侶，會彼此相愛，是世界上獨一無二的靈魂伴侶，你也絕對會有靈魂伴侶，在你遇到你的靈魂伴侶之前，我會守護著你。」

之前曾經回味過一次又一次，緊緊擁抱在心的話在我的舌尖上甦醒，淚水情不自禁地流下。

安安，安安，剛才向我傳遞聲音的那尾鯨魚是不是你？我終於在最後聽到了你的聲音，你又幫助了我，你指引我和這個孩子邁向新的人生。

雖然我無法為你帶來幸福，但我絕對會讓這個孩子幸福，我會永遠、永遠傾聽這個孩子的聲音，我不奢望你會原諒我，但請你守護我，守護這個孩子。

「我會守護你，我們回家吧。」

我伸出手，充滿愛憐地呼喚他的名字。

「愛，和我一起回家吧。」

他在月光下劇烈顫抖，然後抬頭仰望夜空。在原本只有海浪聲的世界，響起了「啊啊」的聲音。「啊啊，啊啊。」愛彎下腰放聲大哭，他的身影好像在抵抗著什麼，我伸出手，注視著他。愛擦拭著眼淚，看著我，大聲叫道：

「豆粉！」

他明確地叫出我的名字。他的聲音和安安很像，但這是愛的聲音。

「愛。」

「豆粉！豆粉！」

愛跑了過來，用力抱著我，我也用全身抱住了他。我的臂腕感受到真真切切的堅強和溫暖。我用力回抱著他，放聲大哭起來。

對我而言，這也是命運的邂逅。第一次是別人傾聽我的聲音，第二次是我傾聽別人的聲音。我不能忘記這兩次的邂逅，不能忘記邂逅帶給我的喜悅。

遠處傳來好像拍打地面的巨大聲響，我們抱在一起，大吃一驚。我們擦去眼淚，一起看向海岸線的遠方。

「不會、吧……」

我看到巨大的尾鰭沉入大海，濺起水花。

8

52赫兹的鯨魚們

琴美的母親昌子告訴我，以目前的現狀，我很難和愛一起生活。

昌子是一絲不苟的人，和品城老伯離婚後，回到娘家別府，目前和再婚的丈夫，以及幾個朋友一起經營兒童食堂。在住家的大房子旁，有一棟房子掛著『昌子食堂』的招牌。

「我接到倖枝的電話時，還以為自己在做惡夢，怎麼會有這種事？唉唉，話說回來，他和我當年離開時的琴美很像，他長得和琴美那麼像……那個人和琴美竟然做出那麼殘忍的事……」

昌子一看到愛，就不禁大聲呼喊：「簡直太可憐了。」她的丈夫秀治是個感情豐富的人，看到外婆和外孫相遇，不禁出聲哭了。昌子和秀治並沒有孩子，當我向他們說明情況後，秀治說很希望可以把愛接過去，由他們照顧愛長大。昌子點著頭說，當然應該由她來照顧。

「雖然當時無可奈何，但這些年來，我一直很後悔就這樣把琴美丟下。愛這些日子所受的苦，也是我造成的，我有義務把愛養育成人。」

他們很瞭解領養制度，之前還曾經短期照顧過寄養的孩子。我覺得他們這麼善良，應該沒問題，但愛向我搖頭。

我在昨天晚上對愛說，我們要一起生活。雖然愛不想來見昌子，但村中阿嬤——倖枝阿嬤已經聯絡了昌子，而且我希望愛能夠得到更多人的支持，還是決定帶他來和昌子見面。

但是，當我解釋完至今為止的情況，同時表達愛希望和我一起生活的意願時，昌子尖聲說：

「妳在說什麼啊？妳雖然和這個孩子非親非故，但仍然帶著他來找我，我發自內心感謝妳，我認為妳心地很善良，而且很了不起，但是，這是兩回事。剛才聽了妳所說的情況，發現你們認識才沒幾天，這不是能夠憑一時的感情衝動決定的事，妳的想法太天真了。」

昌子並不認可。愛對著昌子搖頭，表示拒絕她的意見，但沒有開口說話。雖然他昨晚開了口，但還需要時間才能正常說話。他努力想要說話，但舌頭無法靈活活動。在來這裡的車上，他好幾次努力想要發出聲音，結果只發出嘔吐的聲音。

昌子看到愛雖然沒有開口，卻一個勁搖頭的樣子，皺起眉頭嘆著氣。

「愛的想法我已經很清楚了，那我就按順序解釋清楚，你們太不瞭解情況了。」

昌子說明了接下來要辦理的手續，首先必須和琴美爭奪親權。琴美很有可能又突然回來，主張她是愛的母親。只要向法院聲請琴美喪失親權，並獲得法院裁決，就必須尋找替代親權行使人。

「目前有未成年監護人的制度，三島小姐，妳當然可以自告奮勇當他的監護人，但老實說恐怕很難如願，首先，妳和他完全沒有血緣關係，而且還要審核監護人的經歷和家庭狀況……」

雖然昌子沒有明說，但應該是指我不僅單身，人生經驗不足，而且目前沒有工作，很難如願。

「而且，愛接下來必須去醫院治療，至於學校，恐怕得要視實際情況尋找有特教班的學校。三島小姐，妳接下來需要找工作，得在工作的同時，為愛做很多協助他重新回到社會的事，妳有辦法做到嗎？恐怕很難吧？」

昌子用嚴厲的態度對我說完後，轉頭看向愛說：

「愛，你也一樣。你知道三島小姐救了你，而且把你帶來這裡，給她添了多大的麻煩嗎？你不能因為三島小姐這樣說，就乖乖聽她的話，人和人之間必須相互幫助，但是現在只有三島小姐幫助你，你沒辦法幫助她。老實說，你只會造成她的負擔。即使起初不會有問題，但之後你會成為三島小姐的沉重負擔。當三島小姐被你的重量壓垮時，你仍然要她揹著你嗎？」

我在現實面前說不出話。此刻才深刻體會到，幫助一個人，養育一個人長大需要超乎想像的財力和精力。想到自己一路走來，給那麼多人添麻煩，至今仍然像是不諳世事的小孩子，就覺得自己很沒出息。我看向坐在我身旁的愛，他比我更加垂頭喪氣，一動不動地注視著放在腿上的拳頭，我看著他流淚的側臉，把手放在他的拳頭上。

「……我已經明白以現狀來說，我恐怕很難照顧他，但是，可不可以請妳告訴我，之後應該怎麼做？」

不能因為現在做不到就輕易放棄。既然不知道該怎麼做，那就向別人討教。剛才始終不發一語的秀治先生聽到我的問題後說：

「這是我剛才想到的方法，首先還是由昌子擔任愛的未成年監護人，昌子和愛有血緣關係，她提出申請最簡單。由於沒有其他親屬，應該很容易核准。而且我們之前曾經照顧過很多孩子，其中也有身心受創的孩子，和他們相處的經驗一定對愛有幫助，我認為我們能夠全力支持愛。」

這應該是唯一的方法。我無法充分支持愛重新回到社會，我為自己的無力感到懊惱，忍不住咬著嘴唇。昨晚跌倒時臉頰受的傷也疼痛不已。

「……接下來的事才更重要。當愛十五歲時，就可以自己成為聲請人，聲請選任監護人，就是由愛告訴法院，他希望這個人成為自己的未成年監護人。」

我聽不懂這番話的意思，抬起頭，秀治先生像財神爺般笑著說：

「從現在開始計算，就是兩年後。如果兩年後，妳和現在一樣，仍然希望和愛一起生活，愛也有同樣的想法，到時候再一起思考這個問題。但是，那時候妳必須改善自己的狀況，做好能夠接受愛一起生活的準備工作，愛必須能夠獨立。如果兩年後，你們都有所成長，大家認為你們一起生活都能放心，我就會建議昌子辭去未成年監護人的角色，同時協助愛聲請由妳成為新的候選人，擔任他的未成年監護人。」

我和愛互看一眼。這代表我們仍然有希望嗎？

「這並不是一件簡單的事，對你們兩個人來說，這兩年都會很辛苦。如果你們真心想要生活在一起，就必須全力以赴。但是只要你們願意努力，我們將會全力協助，你們隨時可以找我們幫忙。昌子，妳覺得怎麼樣？」

即使秀治先生這麼問，昌子看看我，又看看愛，嚴肅地說：「我感覺只是把問題拖延到兩年後。」

「我認為是好主意。」一直默默聽我們說話的美晴舉起手，誠惶誠恐地說。「我贊成這個方法，貴瑚現在一個人照顧愛，他們兩個人都會一起垮掉。兩年的時間做準備剛剛好，而且可以讓他們冷靜地瞭解現實狀況。」

美晴的意見和昌子相同，她已經數落過我想得太天真了。

「那我來協助三島找工作，能夠以正式員工身分上班的工作比較好吧？」村中說。

「謝謝。」我鞠躬道謝，然後看向昌子。她嚴肅地說：

「好吧……而且我認為人有目標，比較能夠努力。」

雖然她勉為其難地表示同意，但表情緩和不少。秀治先生瞇眼笑著說：

「謝謝妳。愛，我認為這是最好的方法，你覺得呢？」

愛聽了秀治先生的話，像是快哭出來般抬頭看著我，然後看向在場的所有人。他似乎想表達自己的想法，但用力咬著嘴唇。

「我並沒有拋棄你喔。這是為了我們能夠生活在一起所邁出的第一步。我會努力，愛，你也要努力，好不好？」

我握緊他的手說道，愛緩緩點頭，然後拿出便條本。『所以一直都不能見面了嗎？』他寫下這行字，遞到我們面前。

「啊喲，再怎麼樣，也不可能這麼壞心眼啊。」

昌子噗嗤一笑。

「你可以隨時去和三島小姐見面，三島小姐也可以隨時來見你，而且不是要你今天馬上就留在這裡。現在不是暑假嗎？你可以繼續和三島小姐生活一陣子，我們會利用這段時間調整這裡的環境，迎接你的到來，你覺得怎麼樣？」

愛聽了之後，終於吐出一口氣，似乎內心終於放下一塊大石。我看著他，向昌子夫婦鞠躬說：

「那就拜託兩位了。」

「我們才要好好感謝妳，妳帶著愛來找我們，牽起我們和愛之間的緣分。謝謝妳，這一切都多虧了妳。」

秀治先生的話讓我呆了一下，然後將頭垂得更低。

接下來的這段日子，我和愛，還有美晴一起度過夏天，村中有時候會來加入我們。我們在海邊玩水，晚上放煙火。小城舉辦夏季廟會時在攤位前歡鬧，一起在簷廊上睡午覺。我們好幾次去別府找昌子夫婦，順便去海邊的海之卵水族館玩。愛偶爾會笑出來，叫我「豆粉」的次數增加了。當他終於叫出「美晴」時，美晴忍不住哭了。

不知道是否因為琴美離開的關係，品城老伯的失智症加速惡化。聽說倖枝阿嬤找了公所的朋友幫忙，只要哪一家安養院有空床，就會馬上安排他入住。他整天只聊校長時代的事，只要有人提到琴美，他就會大動肝火說不知道。倖枝阿嬤說他是『遇到自己罩不住的人，就會切割的小心眼男人』，聽說她又回去當老人會的會長了。

琴美仍然下落不明，原本我很擔心她會因為愛的親權手續而回來，那就傷腦筋了，但大家都認為她不可能回來。一旦她聽說父親將進入安養院，即使想硬把她拉回這裡，她也不可能願意。聽到自己的母親被別人說成這樣，想必心情會很不好，但愛只是無奈地聽大家討論這些事。

暑假快結束時，接到了昌子夫婦的聯絡，說他們已經做好了迎接愛的準備，終於決定了要帶愛前往別府的日子。

離別的前一天晚上，村中邀我們去他家的庭院烤肉。這似乎是倖枝阿嬤的貼心安排。

天黑之後，我們三個人走去村中家，立刻聞到香噴噴的味道。村中頭上綁著毛巾，站在庭院的烤肉爐前。村中的母親悠美——在多次造訪村中家後，曾經見過她——和倖枝阿嬤正在佈置餐桌，村中的父親真澄先生已經坐在簷廊上喝起啤酒。

「喔喔，正在等你們呢！」

真澄先生是一位開朗的大叔，總是滿臉笑容，會表演漏洞百出的魔術給我們看，然後說自己還在練習。村中似乎像他父親。

「打擾了。啊，這是伴手禮。」

我們三個人舉起買來的一大堆啤酒和果汁，悠美笑著說：「你們打算全都喝完嗎？」倖枝阿嬤皺起眉頭說：「現在的年輕女人喝啤酒就滿足，真是太弱了。要不要喝麥燒酎、麥燒酎？」

「肉快烤好了，愛，你要不要也來試試？」

村中問，愛點點頭，跑了過去。我和美晴走向悠美說：「我們也來幫忙。」

「不用啦，妳們是客人，只要專心吃就好。我用員工折扣，在近藤商店買了很多肉回來。等一下健太和阿嬤的朋友都會來，趕快趁現在先吃高級肉！」

悠美笑著說，倖枝阿嬤也說：「趕快去吃吧。」

「豆粉！美晴！」

聽到叫聲回頭一看，愛正揮動著夾子，似乎表示肉已經烤好了。他上揚的嘴角看起來很可愛。

「好，那就來開懷大吃！」

我拿起盤子和免洗筷，和美晴一起笑了。

我們喝酒吃肉、談笑風生，人越來越多，宴會更加熱鬧。太陽下山，星星在天空眨眼，遠處傳來海浪的聲音。我停下正在喝啤酒的手，仰望著夜空。溫馨的笑聲、重要的人的聲音，和幸福的味道。我對一度死去的我在這裡感受這一切感到不可思議。

「對了，鯨魚好像平安離開了。」

「聽我兒子說，好像不見了。」

「真是奇怪的鯨魚。」

倖枝阿嬤的朋友——就是近藤商店的婆婆媽媽團正在聊天，每個人都穿著花布洋裝，而且都是黃色的大象或是龜背芋的圖案，簡直五彩繽紛。

我和愛在深夜看到的那尾鯨魚既不是做夢，也不是幻影，而是真有其鯨，聽說不小心闖入這一帶的海域，連續好幾天都在這附近現身又離開，離開又現身。當地電視台還剛好拍到鯨魚噴水的奇觀，成為電視新聞。那尾鯨魚最近已經不再出現。

我猜想鯨魚一定去找新的夥伴了。

「清子的外孫女叫貴瑚。」

一個沙啞的聲音說道，抬頭一看，倖枝阿嬤站在我身旁。她今天穿了大馬士革圖案的花布洋裝，我猜想她可能是這一帶的老大。她現在又回去當老人會的會長，而且她的朋友都跟著她穿花布洋裝，這種影響力太驚人了。

「啊，原來阿嬤知道我外婆的名字。」我說。

倖枝阿嬤皺著眉頭說：「我怎麼可能忘記個性那麼強的老太婆。」但不知道為什麼，她臉上並沒有半點嫌惡。

「想當年，她半死不活地來這裡，一看就知道有什麼隱情，那些笨男人就開始整天去向她學琴。那些男人就像我家的真帆一樣，一副流著口水的色胚相，一看就知道沒出息。」

倖枝阿嬤巧妙地虧著孫子，然後瞥了我一眼說：

「清子說，她沒有向任何人說明原因，就搬來這裡了。真的是這樣嗎？」

「嗯，是啊，外婆和媽媽關係很不好。雖然我曾經來過這裡幾次，但我媽媽甚至不想見到外婆，每次都是外婆來接我。媽媽一直說，搞不懂外婆為什麼要搬來這裡生活。」

倖枝阿嬤轉頭看向身後，確認愛在遠處之後點了一支菸。香菸的火像螢火蟲般眨了幾次眼之後，她緩緩地吐出紫煙。

「她為喜歡的男人生了孩子，但那個男人死了。」

細長的煙在夜空中飄散。

「那個男人有元配，因此清子甚至無法去參加葬禮。男人最後一次和她見面時對她說，等我死了，妳去我們回憶中的地方等我，即使我死了，仍然會設法去見妳。這裡就是他們回憶中的地方，他們唯一的一次旅行就是來到九州，在開車兜風時看到了鯨魚。她說當時看到巨大的鯨魚在噴水。」

「鯨魚……」

我覺得有什麼從腳底湧現，全身都顫抖起來。我看向倖枝阿嬤，她叼著香菸笑著說：「是不是很浪漫？她以少女般的神情問我們：『鯨魚會經常來這裡嗎？』我們告訴她，很少會看到，她好像很沮喪。」

倖枝阿嬤呵呵笑了，「雖然那些男人對她讚不絕口讓人很不舒服，但她其實是好人。」

我想起自己家的院子。那棟小房子可以看到遠處的大海，外婆一直在那裡等待鯨魚嗎？

「我外婆有看到鯨魚嗎？」

我問。倖枝阿嬤遺憾地搖搖頭。

「鯨魚很少來這裡。我從小就住在這裡，只看過三次而已。」

「這樣啊。」我的聲音難掩失望，但是倖枝阿嬤用開朗的語氣說：「雖然在外面有女人不太好，但那個男人應該是好男人。清子笑著說，她很期待自己喜歡的男人不知道什麼時候來見她，還說不知道那個男人會用什麼方法出現，看到蝴蝶也會很高興，覺得搞不好就是她的男人，所以她說自己一點都不寂寞。男人當然不可能來這裡，後來她死的時候，我們還在說，搞不好她的男人來接她了。」

「不不不，就是前一陣子的鯨魚啦。」

「哈哈哈，我還對著大海大笑說，現在才來也太晚了。」

聽到說話聲，回頭一看，發現剛才那幾個婆婆媽媽看著我笑了起來。她們的表情很溫暖。

「他發現清子早就離開了，所以慌了手腳吧，真是少根筋的男人。」

「不，他搞不好先去看他元配了，真是個壞男人。」

「即使變成了鯨魚，仍然要左擁右抱嗎？太可怕了。」

我看著大笑的婆婆媽媽和倖枝阿嬤，差一點流淚。原來外婆住在這裡並不孤單寂寞，她過著幸福的日子。

倖枝阿嬤抽著菸說：

「妳在這裡要好好加油，既然是清子的外孫女，無論曾經有過什麼樣的遭遇，總有一天可以笑著過日子。」

「……好。」

我擦著眼角的淚水點點頭。聽到有人叫我，回頭一看，愛和美晴正在向我揮手。

「豆粉！」

「我們在烤棉花糖，超好吃！」

他們催著我「快過來，快過來」，倖枝阿嬤說：「去吧去吧。」我向那些婆婆媽媽鞠躬後跑過去。

「妳看，這是巧克力棉花糖。」

融化的棉花糖上淋著巧克力醬。美晴和愛在烤肉的火光下，看起來很高興。滿頭大汗的村中和健太說：「也要吃肉！肉都完全沒有減少！」村中夫婦坐在簷廊上，面帶微笑看著大家。村中輪流吃下烤焦的肉和棉花糖，嚷嚷著「好難吃」，一口氣喝下啤酒。健太在一旁吆喝：「真帆哥太帥了！」村中把草莓棉花糖和豬五花肉遞到他面前，他的臉頰抽搐起來。

「貴瑚，我明天要回東京了。」我正在笑，美晴對我說：「我差不多該回去了，對不起。」美晴說話的聲音有點陰鬱。

「嗯，也對。別這麼說，妳陪了我這麼久。」

我在說話時，感到腹部深處吹起一陣風，重要的部分都消失了。想到千里迢迢來這裡找我，分擔我一半痛苦的美晴將要離開，就感到心都空了。明天愛也要離開，沒想到連美晴都要走了。但是，我不能一直把美晴綁在這裡，如果我這麼做，阿匠一定會罵我。

「謝謝，」我努力擠出笑容對她說：「真的很感謝妳，多虧有妳，我又能夠繼續向前走了。」

「那是愛的功勞，還有妳自己的努力，呵呵。」美晴揚起笑，緊緊抱住我。「明天要離開的時候，一定什麼都說不出來，而且會捨不得走，所以我趁現在告訴妳。妳是我最重要的好朋友，比任何人都更重要，以後遇到問題時，不要猶豫，儘管告訴我，無論妳在哪裡，無論什麼時候，我都會馬上趕到，不管發生任何事，我都會助妳一臂之力，所以妳就在這裡，要一直像現在一樣開心地笑。」

「……什麼嘛，妳自己先哭了。」

「哼，妳不要五十步笑百步。」

我們抱在一起哭。我很幸福，我真的覺得自己很幸福。原本以為自己失去一切，但回過神時，才發現原來自己擁有這麼多。

「愛，你看有人喝醉酒在哭喔，」健太嘻嘻笑了，但立刻發出驚叫聲：「哇，真帆哥，你為什麼哭啊？」抬頭一看，發現村中流下男兒淚。村中和我對他的第一印象差太多了，我和美晴擦著眼淚笑他，沒想到村中更加哭個沒完，說什麼「看到三島在笑，就忍不住感動」。

這時，聽到倖枝阿嬤大叫一聲：「你要幹嘛？」

我驚訝地抬頭一看，發現品城老伯正搖搖晃晃走過來。第一次見到他時，他的頭髮梳得整整齊齊，現在一頭亂髮，衣服邋遢，穿了一雙女用拖鞋，手上握著拐杖。粗大的拐杖讓我想起繼父的榆木杖，雙腳無法動彈。品城老伯的雙眼緊盯著我，他的眼中充滿憎恨。

「都是妳把琴美逼走了，把琴美還給我，馬上還給我！」

「爺爺，這樣很危險，嗚哇。」

健太想要拿走他的拐杖，沒想到品城老伯甩著拐杖威嚇。村中上前勸阻，卻沒有及時閃避，被拐杖前端打中。用力甩動的拐杖衝擊力似乎很強，村中當場倒在地上。

品城老伯走向我，我聽到美晴的尖叫聲。愛握著我的手，想要帶我逃走，但我聽到拐杖揮動時發出的咻咻聲，愣在原地無法動彈。品城老伯看起來就像是我的繼父。咦？我記得在我離家半年左右，繼父不是就死了嗎？媽媽說，妳這個忘恩負義的人，不必回來，我沒有去參加葬禮，不知道他是不是真的死了。難道他還活著，所以來教訓我嗎？

「我不能原諒妳，不能原諒妳！」

品城老伯——繼父甩著拐杖向我逼近。啊，他要打我了——我閉上眼睛，忍不住尖叫。

「救命，安……」

就在這時，有人從我旁邊衝過去，把繼父用力推開。品城老伯搖搖晃晃倒在地上，我不停地眨眼——剛才發生了什麼事？

「愛！」

健太叫道，我轉頭一看，發現是愛推開了品城老伯。愛用力喘著氣，轉頭看著我。

我得救了。是愛救了我……

我無力地癱坐在地上，美晴搖晃著我的肩膀問：「貴瑚，妳沒事吧？」

「我、我沒事。啊，村中他……」

「悠美他們在照顧。」

我全身噴汗。太可怕了。我完全沒料到竟然會發生這種事，也沒想到往事會以這種方式閃現在腦海。我摸著胸口，不停地深呼吸，看到兩條細腿出現在我面前。我覺得這一幕似曾相識，抬起頭，愛仍然喘著粗氣，向我伸出手。

「你救了我。」

我用顫抖的聲音說，愛緊張地點點頭。

「我會堅強。以後、更堅強。」

我在他的眼神中看到了以前不曾有過的堅強。我被他堅強的眼神吸引，甚至忘了呼吸。

現場一片混亂，根本無法繼續烤肉。警察上門，把品城老伯帶走了。品城老伯一臉呆滯地被送走，令人悲哀。村中流了血，被救護車送去醫院，醫生診斷後只是輕微腦震盪，算是不幸中的大幸。

我打電話給昌子夫婦，由於要去警局說明情況，所以晚一點才能抵達，他們決定親自來接愛。昌子因為前夫的行為受到很大的打擊，但她說「他沒有親戚，畢竟夫妻一場，我要稍微幫點忙」。和昌子見了幾次面之後，我發現她是很善良溫柔的人，相信她一定能夠用滿滿的愛來養育愛長大。

處理完所有的事後，夜已經深了，我和愛一起坐在堤防上。美晴已經躺進被子熟睡，我們悄悄溜出家門，以免吵醒她。

「睏了嗎？」

我問愛，愛搖搖頭。月亮浮在遠處的海面上，我們坐在一起，眺望著宛如在世界盡頭般靜謐的夜景。

「愛，在你去別府之前，有些話想告訴你。」

我想了一下該怎麼說，然後開口。

「在遇到你之前，我已經死了。來這裡之前，我害死一個我很喜歡的人，而且把另一個很喜歡的人變成可怕的人。這件事讓我很痛苦，我很想一死了之，卻又死不了，不過心已經死了。」

愛不發一語，默默聽我說話。

「我之前不是告訴你，有人傾聽我的聲音，但我無法傾聽他的聲音嗎？因為這個原因，我害死了他，這件事讓我非常痛苦，無法原諒自己。我試圖對你做的事，其實是想向他贖罪，即使明知道根本不可能。」

海浪的聲音很溫柔。小小的雲朵在月光下現形。

「原本的贖罪讓我獲得重生，在我思考你的事，為了你的事生氣、哭泣後，原本以為已經死了的某些東西又慢慢重新活過來，所以並不是我想要拯救你，而是在和你有交集之後，獲得救贖。」

我看著愛說：「謝謝你，謝謝你在那個雨天發現我。我一直以為我們的相遇，是為了讓我傾聽你的聲音，甚至覺得我之前無法傾聽別人……無法傾聽安安的聲音，所以傾聽你的聲音是我的使命，但是，我太自以為是了，是你聽到了我發出的『救命』的聲音。」

我握著剛才保護我，阻擋品城老伯攻擊的手，瘦弱少年的手。

在我寂寞得快死的時候也一樣，是他來到我身旁。是他發現了我。

「愛，謝謝你發現我。」

「豆粉。」

愛把另一隻手放在我的手上，然後靦腆一笑。他的笑容很可愛，我以為自己在做夢。

「妳聽到了。」愛緩緩地說，「那天晚上，妳聽到我的聲音，聽到我喊救命的聲音。」

他的聲音很溫柔，柔和地傳入我的耳朵。那是世界上最優美的旋律。

「所以妳來找我。」

不知道是不是說太多話，愛嗆到了。他咳了好幾次，然後眼眶含淚的臉上再次露出笑容：

「我很慶幸遇見妳。」

我高興得說不出話。那天晚上，我用全身感受到的聲音並不是在做夢，我用全身接收到他的聲音，我能夠接收到他的聲音。

「愛，接下來要加油。」

我緊緊握住他的手，一次又一次重複。無論接下來會遇到任何狀況，我們都要努力。我們已經知道，即使相隔兩地，也有人會傾聽我們的心聲，會向我們傳達心聲，而且，我們並不是孤獨地活在群體中，而是一起感受著彼此手心的溫度，感受到對方的存在，生活在能夠傾聽到我們聲音的群體中。這是多麼幸福的事，我們都不會再有孤獨唱歌的夜晚。

遠方似乎傳來鯨魚的叫聲。不知道鯨魚優美的歌聲是在為我們感到高興，還是在向我們呢喃？我抬頭看向大海，不知道愛是否一樣聽到了，他和我看向相同的方向。

「五十二赫茲。」

愛嘀咕，閉上眼睛細聽。他的側臉看起來像在祈禱。我也閉眼祈禱，對著此時此刻，世界各地的五十二赫茲的鯨魚祈禱。

希望有人可以接收到你們的歌聲。

希望有人可以溫柔地接收到你們的歌聲。

只要你們不嫌棄，我將用全身接收，請你們不要停止唱歌。我會努力傾聽，會找到你們，如同我曾經被找到兩次，我一定會找到你們。

所以，拜託你們。

讓我傾聽你們五十二赫茲的聲音。

春日
ハルヒブンコ
文庫

118

52赫茲的鯨魚們

52ヘルツのクジラたち

52赫茲的鯨魚們 / 町田苑香作 ; 王蘊潔譯. -- 初版. -- 臺北市
: 春天出版國際文化有限公司, 2023.01
面； 公分. -- (春日文庫 ; 118)
譯自 : 52ヘルツのクジラたち
ISBN 978-957-741-609-4(平裝)

861.57　　111016743

ISBN 978-957-741-609-4
Printed in Taiwan

作　　者　町田苑香
譯　　者　王蘊潔
總 編 輯　莊宜勳
主　　編　鍾靈

出 版 者　春天出版國際文化有限公司
地　　址　台北市大安區忠孝東路4段303號4樓之1
電　　話　02-7733-4070
傳　　眞　02-7733-4069
E－mail　bookspring@bookspring.com.tw
網　　址　http://www.bookspring.com.tw
部 落 格　http://blog.pixnet.net/bookspring
郵政帳號　19705538
戶　　名　春天出版國際文化有限公司
法律顧問　蕭顯忠律師事務所
出版日期　二〇二三年一月初版
　　　　　二〇二四年九月初版六刷

定　　價　380元

總 經 銷　楨德圖書事業有限公司
地　　址　新北市新店區中興路二段196號8樓
電　　話　02-8919-3186
傳　　眞　02-8914-5524
香港總代理　一代匯集
地　　址　九龍旺角塘尾道64號 龍駒企業大廈10 B&D室
電　　話　852-2783-8102
傳　　眞　852-2396-0050